JN319539

# 紫式部の欲望

酒井順子

集英社文庫

# はじめに

若い頃、『源氏物語』を読んでいて光源氏《ひかるげんじ》に対して思ったのは、

「この男の人は、精神を少々病んでいるのではないか？」

ということだったのでした。

ちょっといい女と見たら、何の考えもなしに、手を出す。否《いな》、ちょっといい女だけでなく、末摘花《すえつむはな》のように全く美しいとは言えない女性のことも、はたまた源典侍《げんのないしのすけ》のような色気ババアのことも、拒否はしない。

テレビで大食い大会の出場者を見ていると、その食べっぷりが興味深くはあるものの、どことなくまがまがしい感じを覚えてしまうように、大食かつ悪食《あくじき》な源氏の行動は、どうにも気持ちが悪く思えたものでした。A女に対する深い愛を切々と語りながらも、次の瞬間にB女に手を出し、そうこうしているうちにC女とも……といった行動を見ていると、今風に言うならば、「幼児期の母との別れが何らかのトラウマにな

ったのかしらねぇ」といった気がしてきたものです。

しかし、三十歳を過ぎてからふと、原文で源氏物語を読んでみようと思い立ち、毎日数ページずつ読み進めていくうちに、思ったのです。「そうだ、これは物語なのであった」と。

大昔に書かれた作品というせいもあるかもしれませんが、源氏物語というと、その登場人物達が実在していたかのように論じられていることも、あるものです。光源氏は何故にこのような行動をとったのかとか、一番可哀相なのは実は紫《むらさき》の上《うえ》だとか、花散里《はなちるさと》みたいな人が一番幸せだったのではあるまいか、というように。

物語の登場人物に関して、実在の人のように語り合うのは、確かに楽しいものです。きっと源氏物語が世に出て以降ずっと、

「私は光源氏みたいな人、好きじゃないわ」

「でもデートに誘われたら、断りはしないでしょう?」

「まぁ、そうねぇ」

と茶菓子などつまみつつ、日本の女性達は語り合ってきたのだと思う。しかし源氏物語はあくまで物語であり、その長大な物語を創作したのは、紫式部《むらさきしきぶ》という一人の女性の、精神。

紫式部は、一条天皇《いちじょう》の中宮《ちゅうぐう》である彰子《しょうし》に仕えた女房であり、いわば平安の世のキャリアウーマンでした。彰子の父である藤原道長《みちなが》は、

「この世をば我が世とぞ思ふ望月《もちづき》の
かけたることもなしと思へば」

という自信満々な歌を詠《よ》んだことでも有名な、つまり外戚《がいせき》政治時代に、栄華をほしいままにした人。紫式部は、夫の藤原宣孝《のぶたか》亡き後に出仕して、この道長のお手つきとなったとも言われ、光源氏のモデルは道長、という説もあるのです。

道長が光源氏の姿に投影されたり、はたまた他の女性達にもモデルがいたりすることは、あったのかもしれません。ストーリーの参考となる出来事も、紫式部の身の回りには起こったことでしょう。

しかし、とある部分を読んだ時に私は思ったのです。「これは、作者である紫式部が、自身の秘めた『欲望』を、思いきり吐き出すために書いた物語なのではないか」と。

してその〝とある部分〟とは、「夕顔《ゆうがお》」の帖《じょう》でした。たまたま目についたみすぼらしい家に住んでいた女・夕顔に心惹《ひ》かれた、源氏。彼はある日、その家から夕顔をさらうように連れ出してしまう。

その結果として、夕顔の身の上には不幸なことが待ってはいるのですが、さらわれるように夕顔が連れていかれるシーンというのは、読んでいてもグッと盛り上がるところ。

ここで私は、「この感覚は、何かに似ている」という気がしたのでした。考えてみたら、それは子供の頃に読んだ少女マンガで見た、〝ごく普通の目立たない女の子が、アイドル的な男の子から密かに思いを寄せられ、突然お姫さま抱っこをされてどこかに連れていかれる〟というシーンのようなもの。全くモテない少女の一人であった私は、そんなシーンを読んでは、「いいなぁ、私もこうされてみたいものだ」と憧れました。

次の瞬間に思ったのは、「紫式部も、こういう風にされてみたかったのではないか?」ということでした。男が女を連れ去る話は、既に『伊勢物語』などの中にもあったわけで、それを読んだ紫式部が、少女マンガを読む今の少女のような気持ちを持たなかったとも限らない。素敵な人に突然さらわれてみたいという願望が彼女の中にあったからこそ、それが「夕顔」という形で、源氏物語の中に出てきたのではないかという気がしたのです。

その思いは、宇治十帖《うじじゆうじよう》の「浮舟《うきふね》」を読んだ時に、さらに強まりました。匂宮《におうみや》が、浮舟をさらうように小舟に乗せ、対岸の家に連れていくというシーンは、これまた印象的で、読んでいると思わず胸が高鳴ってくるもの。「ああ、こんな風にされてみたい、かも!」と思った人は、少なくないのではあるまいか。

はたまた、源氏が紫の上を連れてくる場面に関しても、ほとんど幼女誘拐に近いほど、強引です。この場合は、相手が幼女ということで、連れ去られる側にウットリした気持ちがあったかどうかはわかりにくいのですが、しかし夕顔や浮舟の中には、恐怖や不安とともに、ちょっとした陶酔感があったという前提で、紫式部は書いていたのではないかと思うのです。

そんな気持ちで源氏物語を読んでみると、この作品の中には、紫式部の「こんなことをされてみたい」「あんなことをしてみたい」という生々しい欲望が、あちこちにちりばめられているような気がしてくるのでした。そしてその欲望は、今を生きる私達の中にも、確実に存在するもの。

光源氏は、物語の登場人物としては、誰に対しても優しいが故に、どんな女性も本当には幸せにしない、ひどい男性のように思われます。が、紫式部の欲望という点から見てみると、光源氏は、彼女が心の中でたぎらせてきた欲望を物語の中で全て叶えるために東奔西走《とうほんせいそう》する、いわば妄想上のホストのようにも見えてくるのです。

紫式部というのは、感情を内に秘めるタイプの人だったと思われます。比較対象として清少納言《せいしょうなごん》をもってくるとその性質がわかりやすいかと思うのですが、私の印象で言うならば、清少納言は「乾」で、紫式部は「湿」という感じ。

清少納言は、紫式部よりも少し前に生まれた、やはり平安のキャリアウーマンです。彼女が仕えたのは、藤原道長の兄である道隆《みちたか》の娘、定子《ていし》。定子と彰子はいとこ同士の間柄であるわけですが、二人の父親である道隆と道長は兄弟でありつつ、ライバル関係にありました。定子は、彰子より前に一条天皇に入内《じゅだい》しており、夫婦仲は非常に良かったにもかかわらず、結果的には道長と彰子に追い落とされる形で、不幸な結末の人生となった女性です。

いわば清少納言と紫式部は、キャリア上でもライバルと言うことができるわけですが、清少納言の場合は、宮仕えというキャリアライフを、非常に楽しんでいたようなのです。『枕草子《まくらのそうし》』によれば、清少納言も女房になりたての頃は、恥ずかしさのあまり夜しか出仕しなかったり、物陰に隠れてばかりいたらしいのです。が、「でも他の女房達も皆、最初は私と同じように緊張していたのでしょうねぇ」と思うとだんだんと慣れてきた上に、定子さまからの覚えも目出度《めで》くなってきた。定子サロンの中でも才気煥発《かんぱつ》をもって知られ、「私、宮中でまたこんな風に目立っちゃった」という自慢話を、枕草子の中で素直に記している。出世意欲も旺盛《おうせい》と言ってよいでしょう。対して紫式部の場合は、どうにも宮仕えがつらそうなのでした。『紫式部日記』を読んでいても、もちろん彰子および道長に対する尊敬と忠誠心は強く持ってはいるけれど、宮仕えという行為そのものは、性《しょう》に合わない様子。女同士の付き合いもわずらわしそうだし、初めて出仕した時を思い返した部分でも、「あの頃は、夢路で惑っているようだったわ……」と記した後、清少納言であれば「でも今はこんなに慣れて楽しくやっているの」となりそうなところを、

「こよなく立ち馴《な》れにけるも、うとましの身のほどやとおぼゆ」

と、つまりは「今となっては宮仕えにもこんなに馴れきってしまって、嫌な我が身だと思う」と、「馴れた」ということをも、うとましく思っている。

紫式部日記は、彰子が一条天皇の子を出産するところから、始まっています。彰子が男の子を出産したことによって道長は未来の天皇の外祖父となり、我が世の春の時代がやってきました。それは彰子に仕える紫式部にとっても喜ばしいことではあるものの、しかし彼女はどこかに、暗い気分を抱えている。

たとえば彰子の出産後、一条天皇による土御門《つちみかど》殿（道長の邸《やしき》。彰子はここで出産した）への行幸が近づいてきた、という時。行幸に備え、邸が美しく手入れされている

様子を見ても、紫式部の心はどうも晴れません。

臣下の家に天皇が行幸するというのは、たいへん名誉なことなわけです。これが、セレブ大好き、イベントも大好きな清少納言であれば、女房としてウキウキとした気分を隠さないであろうに、紫式部は違います。美しく植えられた菊を見ても、

「私の物思いがもう少し普通レベルだったら、この無常の世を、もっと色めかしく若々しく過ごせたであろうに。おめでたいことや面白いことを見聞きするにつけても、日頃の物思いにとらわれてばかりで、心が重くて情けない感じがしてしまうのが、苦しい……」

と思ってしまう。さらには、池に遊ぶ水鳥を見て、

「水鳥を水の上とやよそに見む
われも浮きたる世を過ぐしつつ
と詠んだ後、「水に浮いて満足そうに遊んでいる水鳥も、本当は苦しいのでしょうね」と、「浮きたる世」を過ごしている自分の身に寄せて、思っているのです。

水鳥を見ても、水面下で足をかき続ける苦しさを思う。紫式部とは、つまりそういう人なのでした。水鳥そのものの苦労をしのぶというよりは、「水鳥が大変なように、私も大変なのです」と、最終的に自分に気持ちが向き、その向き方はたいてい、暗い。

してみると、紫式部が物語という手法を選んだのも、理解できるような気がします。紫式部より年上の清少納言が記した枕草子を読む機会は彼女にもあったでしょうから、何かを書くとなった時、彼女は随筆という手段を選ぶこともできたはずです。しかしそこで物語という手段を選んだのは、単に彼女が清少納言のことが大嫌い（紫式部は、紫式部日記にも清少納言の悪口をさんざん書いています）だったからだけではありますまい。

カラッとした性質の清少納言は、思ったこと、あったことを随筆としてストレートに記したわけですが、紫式部の場合、随筆を書くにしては、精神に湿り気がありすぎました。「これはあくまで、フィクションなのです」という前提がなければ、とても表に出すことができないほど重く湿った精神を、彼女は持っていたのではないでしょうか。

国文学の泰斗《たいと》である池田亀鑑《いけだきかん》先生がある時、

「ぼくはつき合うなら、清少納言だね。紫式部はご免ですよ」

とおっしゃったということを、中村真一郎《なかむらしんいちろう》氏が『枕草子・紫式部日記』（新潮古典文学アルバム7）の中で書いていらっしゃいます。男性をしてそう思わせる部分がある紫式部であるわけですが、女の私から見ても、「清少納言とは親友になれそうだが、紫式部は……」と思ってしまう相手ではある。

しかし紫式部と同性である私は、同性であるからこそ、彼女の湿った部分に触れてみずにはいられないのです。男性が「つき合いたくないなぁ」と思う理由となるのであろう彼女の中の湿った部分と、自分の中にある暗部とは、どこかで必ず通じ合っているから。

紫式部は、暗く深い沼を自分の中に持っていたからこそ、あの物語を書くことができたのです。楽しい出来事を見てもその裏側を見て、水鳥を見ればその苦しさを思う。自意識も嫉妬心も、はたまたプライドも人一倍強い彼女が、しかし他人からはそんな自分に気付かれないように細心の注意を払いつつ宮中で紡ぎ続けた作品が、源氏物語です。

長く黒い髪と、重い十二単《ひとえ》の下で、紫式部はどのような欲望をたぎらせていたのか。源氏物語の中に、そのヒントは隠されています。一つ一つの欲望をつまびらかにすることによって、源氏物語と紫式部とは、私達にとってより身近なものになるのではないかと、私は思っています。

# 紫式部の欲望　目次

# 紫式部の欲望

# 連れ去られたい

『源氏物語』は、全五十四帖《じょう》に及ぶ、長大な物語です。一帖の長さはまちまちであり、さらっと終わるものもあれば、一帖で一つの物語になっているものもあり。それぞれの帖には美しいタイトルがついており、私達は一帖を読み終える毎《ごと》に、子供時代に素敵な柄《がら》の千代紙を一枚ずつ集めた時のような気持ちになるわけです。

「桐壺《きりつぼ》」に始まる物語は、「帚木《ははきぎ》」、「空蟬《うつせみ》」、「夕顔《ゆうがお》」、「若紫《わかむらさき》」、「末摘花《すえつむはな》」、「紅葉賀《もみじのが》」、「花宴《はなのえん》」……と、進んでいきます。そしてもしあなたが源氏物語を初めて読むのであれば、この辺りで、「光源氏という人って、ちょっとおかしいのではないか？」と、思うのではないでしょうか。

十二歳の時に、四歳年上の葵《あおい》の上《うえ》と結婚した源氏の、十代後半から二十歳くらいまでのことがこの辺りでは記してあるのですが、この時代の源氏というのは、女性に対してまるで節操が無い。方違《かたたが》えのために滞在させてもらった先の後妻さんである空蟬にちょっかいを出したり。「はじめに」に記した通り、通りがかりの地味な家に住んでいた謎の女・夕顔が気に入って屋敷の外に連れ出してしまったり。病での静養先から可愛らしい女の子・若紫を連れ出したいと画策している間に、自分の義母と通じて妊娠させてしまったり。はたまたブスの末摘花、おばあさんの源典侍《げんのないしのすけ》、政敵の娘である朧月夜《おぼろづきよ》ともそれぞれ事に至り……と、年齢・美醜を問わない雑食かつ大食っぷりを見せるのです。

彼の旺盛《おうせい》な性欲は、不吉な出来事を巻きおこします。それはたとえば、夕顔。かつて世話になった乳母《めのと》の見舞いへ行った時、乳母の家の隣に、夕顔が咲く小体《こてい》の家をみつけた源氏は、「どんな人が住んでいるのだろう?」と、興味を持つのでした。

乳母の家がある五条のあたりは、身分の高い源氏にとっては「むつかしげなる大路《おおじ》のさま」、つまりあまり上品とはいえないむさくるしい土地柄。しかし「帚木」の帖において、男友達といわゆる「雨夜《あまよ》の品定め」、つまり「こんな女がイイ」という談義をしていた彼の頭には、

「荒れ果てた家に、意外にも可愛い女がいたりすると、グッとくるよね」

という友人の言葉が残っていたのかもしれず、後日、その家の女のもとを訪れるのです。時に源氏、十七歳。

お金持ちのお坊ちゃんが、かつてのばあやのお見舞いに下町を訪ねたら、たまたま目にした隣の家の女が気になってつい事に至る、といったこのお話。源氏と、その家の女・夕顔は、互いにどこの誰とも知らないままに、付き合いを深めます。自分よりずっと立場が下の女が、むさくるしい場所にひっそりと住んでいるという、そのシチュエーション。そんな女のもとに、お坊ちゃまである自分が身をやつして通うという、その設定。夕顔が意外にも魅力的な女だったという事実だけでなく、そんなお芝居のような状況にも、源氏はすっかり酔ってしまうのです。

付き合いが盛り上がった時、源氏はたまらず「もっとゆったりできるところで夜を明かしましょう」と、夕顔を知り合いの屋敷に、連れていこうとするのでした。夕顔はもちろん戸惑うのですが、源氏は彼女を車に「軽《かろ》らかにうち乗せ」るのです。

この時、読者の脳裏に浮かぶのは、心配そうな顔の夕顔をお姫さま抱っこして車に乗せる、若く美しい源氏の姿です。もしかしたらおんぶだったかもしれないし、片方の肩にかついだのかもしれませんが、平成の読者としては、できればここはお姫さま抱っこをしてほしいところ。

誰ともはっきりわからない男に車に乗せられて、どこか知らない場所へと、連れていかれる。この時の夕顔の心境は、どのようなものだったのでしょうか。もちろん、心配や恐怖もあったことでしょう。が、怖かったからこその興奮も、そこにはあったように思うのです。そして作者の紫式部は、「男に連れ去られてみたい」という欲望を心のどこかで持っていたからこそ、そのような描写をしたのではないかと私は思う。『男が女を盗む話──紫《むらさき》の上《うえ》は「幸せ」だったのか』(立石和弘《たていしかずひろ》著、中公新書)によると、『伊勢物語』や『大和物語《やまと》』等にも、男が女を連れ去る話があったことがわかります。男女の逢瀬《おうせ》といえば、女の家を男が訪ねるというのが普通だった時代において、男が女を連れ出すというのは、物語の題材になり得る、非常にドラマティックな出来事であったに違いありません。

紫式部がその手の物語を読んだ時、彼女もきっと、連れ去られる女に自分を重ねるという、甘美な空想に耽《ふけ》ったのではないでしょうか。重い十二単《ひとえ》を身につけ、思うように外に出ることもままならなかった平安の世の女性にとって、異性に「連れ去られる」ということが喚起するロマンは、今よりもずっと大きなものだったのではないかと思うのです。

夕顔は、連れ去られた先で不慮の死を迎えてしまいます。連れ去られた直後の、死。それは、美しいからといって摘んだ花が、すぐに枯れてしまうよう。

源氏物語における、「連れ去られる女」は、夕顔だけではありません。源氏の死後、その子息である薫《かおる》達を中心に物語が展開する宇治十帖《うじじゅうじょう》にも、その手のストーリーが見られます。

帝《みかど》の子息ながら、政争に巻き込まれた末に宇治に隠遁《いんとん》する八《はち》の宮《みや》を父に持つ負け犬姉妹（と、私が勝手に呼んでいる）大君《おおいきみ》と中《なか》の君《きみ》は、それぞれ薫と匂宮《におうみや》という名門どころの貴公子に思いを寄せられています。素直にその愛を受け入れてしまえば幸せになることができるのに、と読者としてはちょっとイラつくのですが、なかなか素直に首を縦にふらないのが、負け犬の負け犬たる所以《ゆえん》。そうこうしているうちに姉の大君は亡くなり、中の君はやっと匂宮と結ばれます。

と、そこに出現したのが、彼女達の異母姉妹である、浮舟《うきふね》。大君の面影を求める薫も、そして中の君と結ばれた匂宮までもが、浮舟に心惹かれてしまうのです。誠実なタイプの薫と、女扱いに慣れた匂宮の間で浮舟の気持ちは惑うのですが……。

そこで匂宮は、「浮舟を連れ去る」という行動に出たのでした。都から宇治に浮舟を訪ねてきた匂宮は、夜が明けないうちに帰るのも嫌だし、しかしその家に仕える人々の目も気になるしということで、浮舟を川の対岸にある人の家に連れていくことを決心。匂宮は浮舟を「かき抱《いだ》きて出《い》でたまひぬ」ということになったのです。棹《さお》

私の頭に映るのは当然、浮舟をお姫さま抱っこして小舟に乗る、匂宮の姿です。

さして舟が漕《こ》ぎ出されると、浮舟はどうにも心細く、「つとつきて抱かれ」ているわけですが、そんな様子を見て匂宮は「いとらうたし」と思うのです。

結局二人は、対岸の家で二日間を過ごしました。それが愛欲にまみれた二日間であったろうことは、想像に難くありません。が、二人の関係は薫にばれ、薫と匂宮の思いに挟まれた浮舟は、思い悩んだ末、宇治川に入水《じゆすい》してしまう……。

結果的に浮舟は命拾いをしているのですが、しかしやはり、連れ去られた女は、死もしくはそれと同等の不幸に見舞われるのです。連れ去られた時の興奮と、その後に過ごした時間の甘さが深ければ深いほど、その後に反動としてやってくる不幸も、大きいのでしょう。

浮舟の物語を読んでも、紫式部は、やはりどこかで「連れ去られてみたい」という欲望を持っていたのではないかと、私は思うのです。しかしもちろん、相手は誰でもいいわけではありません。女がお姫さま抱っこをされて嬉しい相手というのは、自分が好意を持っている相手と決まっています。好意を持っていない相手にそのようなことをされたら、拉致《らち》監禁でしかないのであり、それは物語というより事件になってしまう。

好もしく思ってはいるのだけれど、自分から「好もしい」と言うことはできない相手から、「抵抗もできませんでした」という言い訳が成立するほど強引に、どこかに連れて行かれる。不安や恐怖もあるけれど、しかし連れて行こうとする男性の側も大きな危険をおかしていると思うと、自分に対する思いの深さも伝わってくる。……これが、紫式部にとって最もうっとりする「連れ去られ」パターンではないでしょうか。

まだ小さいうちに源氏に連れてこられた若紫も、「連れ去られる女」ではあるのです。若紫は、源氏に奪われるように引き取られた後に源氏好みに育てられ、やがては最愛の人となる女性。

が、若紫の掠奪譚《りゃくだつたん》を書いた時の紫式部の心情は、「夕顔」や「浮舟」を書いた時とは異なるものだったと、私は思います。若紫が源氏に連れ去られたのは、年齢ははっきりしないものの、おそらくまだ初潮も迎えぬ少女時代のこと。となると、源氏に好意めいたものを抱いていたとしても、男女間の恋愛感情ではなく、「格好いいお兄さん」的な感情だったと思われます。

若紫を連れ去る時、源氏は若紫が寝ている深夜にやってきて、車に乗せてしまうのです。若紫が寝惚《ねぼ》けて父親が迎えに来たのかと思っていると、源氏は「お父さんも私も同じ人間ですよ」などと屁理屈をこねたかと思うと、「かき抱きて」出ていくのでした。

夕顔や浮舟の心に、ほんのわずかであれ存在したであろううっとり感は、この時の若紫の心にはありません。まだ子供の彼女は、素敵な男性に連れ去られて知らない世界に連れて行かれる陶酔というものも、理解していない。つまり作者の紫式部も、「若紫」を書く時は、うっとりしながらではなかったと思うのです。

「男性に連れ去られてみたい」という欲望は、フェミニスト的な人からしたら、存在すべきではないものかもしれません。が、素敵な異性に手をとられ、ここではないハイダウェイに連れて行かれてみたいという欲望は、「ここ」に飽いてしまった女性であれば、否、それは男性であったとしても、抱くものなのではないか。

平安の女性達は、常に男性を「待って」いなければならない立場であったが故に、「連れ去られる」ことに興奮を覚えました。対して今を生きる私達は、常に自分で意思決定をしなくてはならないが故に、「連れ去られる」ことに憧れを抱きます。

両者の心理は、微妙に異なるものです。が、連れ去られてうっとりする時間を過ごした後には、自分の責任ではなくして確実に不幸がやってくるということが、「連れ去られてみたい」と夢想する女性達の胸をさらに熱くさせるのは、事実でしょう。

夕顔は六条御息所《ろくじょうのみやすどころ》の生霊《いきりょう》にとり殺され、二人の貴公子に愛されてにっちもさっちもいかなくなった浮舟は、入水する。不幸でさえ自分の責任で回避することが義務づけられている私達にとって、彼女達の身にふりかかった「自分の責任ではない不幸」は、何と官能的なことか……。

今いるこの場所に閉塞《へいそく》感を抱いていればいるほど、人は「連れ去られる」ことを夢想します。たとえその先にどれほどの不幸が待っていようと、連れ去ろうとする人が出現した時に舌を噛《か》んででも断固拒否するという人は、少ないのではないかと、私は思うのです。

# ブスを笑いたい

『源氏物語』には、華やかで美しい女性達がたくさん出てきます。それぞれの女性に美点を見つけては、ついフラッと心を寄せてしまうのが源氏であり、だからこそ様々な問題が勃発《ぼっぱつ》することになる。

しかし、源氏物語に出てくるのが若くてきれいな女性ばかりだとしたら、この物語はこれほど読まれることにはならなかったでしょう。源氏は、きれいでない女性にも、若くない女性にも手を出していて、そういった「陰」が、物語に変化をつけている。

源氏物語には「末摘花《すえつむはな》」という容姿に恵まれない女性が登場します。末摘花という言葉は何だか美しげですが、これはすなわち紅花《べにばな》のこと。彼女の鼻が真っ赤だったことから、そう言われているのです。

我が国の文芸史上、最も有名なブスと言っていいかもしれない、末摘花。彼女と源氏の出会いは、源氏が十八歳の頃。お気にいりだった夕顔を六条御息所の生霊にとり殺された源氏は、夕顔の代わりとなる女性を求めて、あちこちの女性に文を出していたところ、ある時、一人の女性の噂を聞いたのです。

何でもその女性は、故・常陸宮《ひたちのみや》様の姫君で、荒れたお屋敷にひっそりと暮らしているのだそう。「帚木」の帖において、源氏とその親友の頭中将《とうのちゅうじょう》などが男同士で「こんな女がイイ」という話で盛り上がった、通称「雨夜の品定め」の中で、

「雑草がからみついて荒れ果てた門の中に、思いのほかに可愛い人が住んでいたりすると、グッとくるよね」

という話題が出ていました。だからこそ源氏は下町の粗末な家に住んでいた夕顔に惹かれたわけですが、常陸宮の姫君の話を聞いた時も、源氏は同じように「ボロ屋萌《も》え」してしまい、とうとう屋敷を訪れるのです。

当時の男女交際は、男が女の家を訪ねるという方式で進められたわけですが、しかし初めての訪問の場合は、そう簡単に女に会うことができるわけではありません。源氏も、初回の訪問時は、末摘花がつまびく琴の音を聴くのみ。

「ま、そう巧《うま》い琴というわけじゃないけれど、こういう荒れた家に思いがけなく美人が住んでいて、恋が生まれたりするっていう話が、昔の物語にもあるよね……」

と、期待を膨らませていたのです。

末摘花は、しかしその後、源氏がいくら文をやっても、返事をくれません。頭中将も姫君に文を出していることを知った源氏は、親友に対抗する気持ちもあって、とうとう再び屋敷を訪れ、事に至ってしまうのです。

当時は、事に至ったからといって、相手の顔を見たということにはなりません。暗い中で「まぁ、この人だろう」と見当をつけて行うものであるからして、たとえば「空蟬《うつせみ》」の帖においても、源氏は失敗をやらかしています。紀伊の守《きのかみ》の屋敷に住む、紀伊の守の義母である空蟬が源氏のお目当ての相手だったのですが、暗闇の中で手を出した相手は、紀伊の守の妹だったのです。平安時代の闇とはそれほどのものだったのであり、だからこそ源氏は、常陸宮の姫君と関係を持っても、その顔をまだ見てはいませんでした。

関係を持った時の姫君の印象があまり良くなかったせいもあり、翌日の後朝《きぬぎぬ》の文も遅れ、しばらくは訪問も途絶えた源氏。しかしある雪の夜にふと訪れてみると、お屋敷の女房達は皆、寒さに震えています。父・常陸宮亡き後、末摘花達は相当に困窮した生活を送っているらしいのです。

翌朝、源氏が格子を上げて雪の光で末摘花の姿を見たところ、まず座高が高くて胴長というシルエットに「やっぱりだ……」とガッカリ。それだけではありません。まっさきに目について「ああみっともない」と思ったのは鼻であり、「普賢菩薩《ふげんぼさつ》の乗物とおぼゆ」としてある。普賢菩薩は釈迦《しゃか》の脇で白象に乗っているわけで、つまり彼女は「象並みの鼻」の持ち主だったのです。

鼻に関する記述は、

「あさましう高うのびらかに、先のかたすこし垂りて色づきたること、ことのほかにうたてあり」

と、さらに続きます。あきれるほど高く長い鼻の先は少し垂れて、そこがまた赤くなっている、と。

それだけではありません。顔色は真っ白で額は広いのに、それでも下の方が長く見えるということは、相当に長い顔ということ。痩せて、肩の辺りは着物の上からでも気の毒なほど痛そうに骨ばって見える。

その姿を目にしてしまった後で源氏は、「なぜすっかり見てしまったのだろう」と思いつつも、あまりの異様さに、それでもついつい目をやってしまうのでした。

源氏は、そんな末摘花に美点も見つけます。彼女の髪は、長くてとても美しいのです。が、身につけているものはと見れば、汚れている上に時代おくれで、寒さのあまり黒テンの毛皮の表着《うわぎ》まではおっている。

毛皮というと「あらゴージャス」と思われるかもしれませんが、この時代は貴族の男性用のものでもあったらしい。痩せぎすで馬づら、赤くて長い鼻の姫君が着ぶくれして座っている様を、源氏はどう思ったのか。

末摘花はブスな上に、気の利いた性格でもありませんでした。卑しからぬお育ちの方ですから、おとなしくはあるのだけれど、才気煥発《かんぱつ》でもなければ明るくもない。

ここで普通の男であれば、「うわっ、しくじった！」とさっさと逃げていくことでしょう。が、源氏は「普通の容姿の人であれば忘れてしまうかもしれないけれど、あれじゃあなぁ……」とあわれに思い、それ以降はかえって生活面のこともこまめに気を配るようになり、女房や門番までの衣服等の面倒も見てやるのでした。

美人に不自由はしないだろうに、源氏もゲテモノ食いだなぁ、と私は思うわけですが、彼のゲテモノ食い精神は、末摘花のみに発揮されているのではありません。源氏物語における名ブスキャラが末摘花だとしたら、名フケキャラというのもいて、それが源典侍《げんのないしのすけ》です。

「年いたう老いたる」と記される源典侍は、六十歳前というお年頃。家柄も悪くなく、才気もあって上品でありながら、「アッチの方だけどうしてああ軽いのだろう」と源氏から思われている女房です。

ここで、自らの疑問をそのままにしておかないのが、源氏の源氏たる所以。源典侍がふしだらな理由を確かめるべく、ついちょっかいを出してしまうのです。すると、振り返った目付きは頑張って流し目をしているのだけれど、まぶたは黒ずんでげっそり落ち窪《くぼ》み、ひどく肉がそげて皺《しわ》だらけ、という様相。

この時源氏、まだ二十歳前。モテ盛りの若さの時に、何もそんなエロババアに手を出さなくとも、と読者としては思います。しかし源氏は、源典侍とも、ちゃんと遊ぶのです。それがまた頭中将にみつかって口どめをしなくてはならなかったりもするわけですが、それもまぁ若気の至りというやつか。

それから十年以上たってから、源氏は思わぬところで源典侍に再会します。既に出家している源典侍は、老いて口もよくまわらなくなっているのですが、それでも色っぽいしなをつくることは忘れないのでした。

末摘花と、源典侍。この二人の存在は、源氏物語におけるある種のスパイスになっています。美人以外にも手を出すからこそ、他の美人は引き立つし、「源氏も人の子」と思わせてくれる逸話でもある。

しかし、末摘花や源典侍についての記述を読んでいると私は、何だか嫌な気持ちになってくるのです。末摘花の一件があった時、源氏は既に紫の上を自邸に引き取っていましたが、まだ幼い紫の上と一緒に人形遊びなどしている折、源氏がわざと自分の鼻を赤く塗って、

「私がこんな変な顔になってしまったらどうしますか？」

などと言ったり、その鼻を拭くフリをして、

「ちっとも取れない……」

とふざけたりする。

末摘花の容貌についての記述は、正直に言って、読むのがちょっと楽しいものです。自分の容姿に自信が無い女であればあるほど、「自分以外の、そして自分以上のブス」の存在を知るのは、喜ばしいことだから。

しかし末摘花のことを紫の上の前で揶揄《やゆ》する源氏の姿は、どうも不愉快なのでした。末摘花の生活の面倒を見てやるくらいの人道的な心があるのならば、他の女の前で彼女のことを馬鹿にしなくてもいいのではないか。女の前で他の女の悪口など言わないのが、プレイボーイとしての矜持《きょうじ》ではないのか。

年月がたち、源氏が六条院という広壮な屋敷に自分のお手つきの女達を住まわせるようになると、そこには末摘花の住居も用意されました。そんなブスまで面倒を見続

けるとは情に厚いお方だ……という評価になるのですが、しかしだからといって源氏が末摘花を見る目は、変わっていません。

「初音《はつね》」には、新年に六条院に住むそれぞれの女達のところを訪ねる源氏の様子が描かれていますが、ここで源氏は、自慢の髪も衰えた末摘花に会うのです。が、「せっかく贈った正月の晴れ着もイマイチに見えるのはまぁ、着ている人のせいなのだろうなぁ。鼻の色ばかりが、華やかであることよ……」とため息をつき、まともに向かい合うこともしない。

源氏物語に末摘花というブスが登場することは、神話の世界における醜女《しこめ》の神のお話の影響がある、という説もあります。たとえば『古事記』において、ニニギノミコトが美人のコノハナノサクヤビメに求婚したら、姉のイワナガヒメも一緒にもらってくれと姉妹の父が言い出した、というお話は有名です。イワナガヒメと結婚したら、末長く強い力を得ることができるだろうとお父さんに言われたものの、「やっぱりブスは……」とニニギは拒否し、そのせいで、永遠の命を得ることはできなかった、と。このように、ブスはどこか呪術《じゆじゆつ》的な強靭《きようじん》な力を持っているのだからして、紫式部は末摘花の世話をさせることによって、人知を超えた力を源氏に与えたという読み方も、ある。

確かにそういった面もあるのでしょうが、しかし「ここまで書かなくとも」というブス責めの記述を読むと、紫式部はその手のブス神話に乗じて、ブスいじめをしたような気がしてならないのです。そして、「紫式部もきっと、自分の容姿にはさほどの自信を持っていなかったに違いない」と、私は思う。

誰が見ても美人という容姿を持っていたのであれば、ブスのことをこれほどまでに悪し様《あしざま》に書くわけがありません。美人がブスの悪口を言うほどすさまじいこともないわけで、美人であればあるほど、ブスには優しいのが常。むしろ、自分の中にいくばくかのブス要素を持っている人こそが、最もブスには厳しいのです。

紫式部もきっと、「ややブス」かつ「やや美人」という容貌だったのだと私は思います。だからこそ、たとえばブスが自分のブスっぷりを自覚していなかったり、ブスが良い思いをしたりすることに、我慢がならなかった。しかし内向的かつ外聞を気にする彼女が、そのような感情を、正直に他人に話したりするわけがありません。胸の中に溜まっていったブスに対するドロッとした感情を存分に吐き出したのが、「末摘花」の帖なのではないか。

源典侍についても、同様です。源氏物語を書いた時、紫式部は既にそう若くはなかったはずです。自分が若くないからこそ、年をとった人の、年相応ではない行動が我慢ならなかった。そこで登場させたのが、エロババア役の源典侍だったのではないでしょうか。

末摘花や源典侍に関する記述を読むと、女が女を見る目の厳しさを知る私。しかしその厳しさはもちろん自分も持っているものであって、「言い過ぎ、書き過ぎには気を付けなくては……」と、自戒の念が湧いてくるのでした。

## 嫉妬したい

六条御息所《ろくじょうのみやすどころ》。その名は、『源氏物語』にあまり親しみの無い人にも、「嫉妬深い人」の代名詞として知られているのではないでしょうか。

六条御息所は、子持ちの未亡人という立場なのです。彼女は、十六歳で当時の東宮《とうぐう》(皇太子)と結婚。一女をもうけますが、夫は彼女が二十歳の時に、亡くなってしまいます。

若くして未亡人となった、六条御息所。東宮と結婚していただけあって、身分も高く、美人で、教養もあってセンスも良いという女性でした。

源氏が六条御息所と関係を持ちはじめたのは、源氏十七歳、六条御息所二十四歳のことです。最初はなかなか承知しなかったらしい六条御息所を熱心に口説き落としてからしばらくはせっせと通っていたのに、その後は次第に足が遠退《とおの》くようになった源氏。ま、よくあるパターンではありますね。

年下の美青年から盛んに言い寄られたので付き合ってみたら、妻はいるわ他の女とは遊びまくるわ……となった時、プライドも高く、自信も強く持っていた六条御息所のような女性がどうなるかというと、当然ながら嫉妬心が噴出してくるわけです。

「女は、いとものをあまりなるまでおぼししめたる御心ざま」

つまり、彼女は何であってもとことん思いつめる性格であり、

「いとどかくつらき御夜《よ》がれの寝ざめ寝ざめ、おぼししをるること、いとさまざまなり」

ということで、源氏が訪れない寂しい夜々、ふと目を覚ましては、さまざまに思い悩んでいたというのです。

しかし彼女の不幸は、「嫉妬をした」ことそのものではありません。「嫉妬を表に出すことができなかった」ことこそが、彼女にとっては最大の不幸となりました。身分も外見も教養も、非の打ち所が無い女性であり、かつ源氏より七歳年上であったことから、彼女は源氏の前で素直にスネたりムクレたりすることができません。源氏の前では、あくまでもしゅっとしたいい女を演じていたからこそ、精神の内側で、嫉妬心がドロドロと渦を巻いていったのです。

内に溜まっていった彼女の嫉妬心の第一の犠牲者は、夕顔です。「連れ去られた

い」の章にも書きましたが、下町につましく暮らす謎の女・夕顔に強く惹かれた源氏は、さらうように彼女をとある屋敷に連れ出して、一夜を過ごそうとします。夕顔を前に、「こんなことをしていると六条のお方には申し訳ないけれど……。でもおっとりと可愛らしい夕顔を前にすると、ねぇ。六条のお方も、あの息がつまりそうなほど思慮深いところを少しなくせればいいのに」などと源氏は思っている。……って、世のキャリアウーマンの皆さん、身につまされますなぁ。

すると真夜中、枕元に現れたのが、謎の美女。

「私はあなたのことをこんなにお慕い申し上げているというのに、こんなどうってことない女を連れ出してご寵愛《ちょうあい》なさるとは……、恨めしい」

と、夕顔をとり殺してしまうのです。

そんなことがあっても二人の交際はなんとか続いていたのですが、その五年後には、第二の犠牲者が出るのであって、それが源氏の正妻・葵の上《あおいうえ》。

その頃、六条御息所は源氏の冷たい態度に堪《た》えかね、いい加減にその関係を清算しようと思っていたのです。自分の娘が伊勢の斎宮《さいぐう》（伊勢神宮に天皇の名代として仕える、未婚の内親王）になることになったので、娘と一緒に伊勢へ下ろうかと思ったのでした。

と、その矢先。葵の上が懐妊したのです。「夜離《よが》れ」が続くとはいえ、源氏とはまだ付き合いが続いてもいるのに正妻が妊娠というのは、六条的立場にいる人であれば誰しも不快なものでしょう。そしてそんな時、賀茂《かも》神社のお祭りの見物に出掛けた葵の上の車と、六条御息所の車が、鉢合わせしてしまうのです。

見物場所の取り合いをしているうちに、葵の上の従者達は、相手の車が六条のものだとわかって、ぐいぐいと六条の車を奥へと押しやってしまいます。車もボロボロにされて、中にいる六条は、みじめさと悔しさに、涙をこぼすのでした。

この時、彼女の胸の中に渦巻いていたのは、嫉妬心だけではありません。公衆の面前で、愛人である自分が正妻から追いやられたということで、彼女の面子《メンツ》は粉々に砕けました。プライドの高い女性である彼女にとっては、「自分が世間からどう見られているか」は、非常に大きな問題。「源氏から大切にされること」と、「源氏から大切にされていると世間から思われること」は、同じくらい重要なのであって、そんな彼女にとって、祭りの場という席で葵の上から受けた屈辱は、筆舌に尽くしがたかったのではないか。

当時は、もの思いがある時、魂は肉体を「あくがる（＝憧《あくが》る。そもそも、心や魂があるべき所から離れることをこう言った）」、つまり離れていくと信じられていました。

そして六条の魂も、祭りでの屈辱以降、しばしば肉体を出て、葵の上のところにいくようになり、出産中も六条の生霊がもののけとなって、葵の上を悩ませます。

何とか無事に葵の上は男の子を出産したのですが、その報を聞いて六条は「ちっ」と思うのでした。ふと気付けば、自分の着物には芥子《けし》の香がしみついています。それは、葵の上の枕元でもののけを退治するために焚《た》いた護摩《ごま》の香。「ということは私の魂が私の身体を離れて葵の上のところまでいったのか」と思うと六条はショックを受けるのですが、その時にもまだ「こんなことを知ったら世間の人はどう思うだろう」と世間体を考えてしまうのが、彼女の業《ごう》というものでしょう。

その後すぐに、葵の上は亡くなります。源氏とは仲の良い夫婦とはいえなかったものの、正妻であったが故に、六条の嫉妬の対象となり、早世してしまったのでした。

こんなことがあれば当然という気もしますが、六条は結局、伊勢へと下っていきます。その後、斎宮の交替のために娘とともに都に戻ってきたのは、六年後のこと。その時、彼女は三十六歳。既に病に冒されており、彼女は源氏に、自分の死後、娘の面倒を見てくれるようにと頼みます。と同時に、「娘には絶対に手を出さないでくださいね」とも頼んでいるのでした。

それは、娘には自分と同じつらい思いをさせたくないが故の親心、と言うこともできましょう。が、私はそれもまた嫉妬からきた願いであるような気がするのです。娘は二十歳で、きれいな盛りなのに対して、自分は死の床にある。母親というのは往々にして娘に対して嫉妬するものであり、たとえ自分の死後であっても、源氏の愛が娘に向けられるのは、嫌だったのではないか。

実際、彼女の思いの強さは、死後も衰えません。源氏は彼女の願いを守って、六条の娘には手を出しませんでした。が、自分が子供の頃から自分好みに育てた理想の女である紫の上のことは、大切に愛していた。六条はその紫の上に死霊となって取り憑《つ》き、一時息を絶えさせてしまうのです。

その時、六条の死霊は告白します。

「生きている時に受けたひどい仕打ちよりも、私のことを紫の上に『ひねくれて扱いにくい女だったなぁ』などと話されたことがうらめしい……」

と。

確かにその少し前に源氏は、自分と過去に関係のあった女達についての思い出話を、紫の上に語っていたのでした（その行為もどうかと思うが）。その時に六条御息所のことは、

「何事にもたしなみ深くて優雅な人ではあったけれど、付き合いにくくて息苦しいよ

うな人だったなぁ。気を許したら馬鹿にされるのではないかとつくろっているうちに、疎遠になってしまった。私との関係でとんでもない評判がたってしまったことを、ひどく思いつめていたのがお気の毒だ」

などと言っていたのでした。

「昔の女」である自分の悪口を、源氏が「今の女」である紫の上に語っている。それだけでなく「悪評を気に病んでいた」ことまで言われてしまうとは、六条御息所にとって、死してなお我慢のできない屈辱であったのであり、だからこそ六条は、紫の上に取り憑いた。

悪口を言ったのは源氏なのだから、六条は源氏に取り憑けばいいのです。しかし彼女が選んだ攻撃対象は、紫の上でした。六条の死霊は源氏に、

「あなたは神仏の加護が強くてとても近寄ることができないから……」

などと言っていますが、しかしこれは言い訳であるように私は思います。

女の嫉妬は、常に男に対してではなく、男が心を寄せた対象に向かうものです。嫉妬文学の名作である『死の棘《とげ》』(島尾敏雄《しまおとしお》著)では、我が国における六条御息所と並ぶジェラシー・クィーンともいえる「ミホ」が、浮気をした夫に対する怒りを、最初から最後まで爆発させ続けているのですが、ミホは夫のことを責め続けながらも、本当

の憎しみは浮気相手である女に向かっているのでした。一家心中までしそうになるものの、

「あたし、死ぬのなら、あいつを殺してから死ぬ。あたしきっとあいつを殺してやる」

とミホは言うし、一家のもとに浮気相手の女が乗り込んできた時は、夫にその女を殴らせ、自分でも女の首を絞め、

「殺してやる」

と地面をひきずりまわすのです。

ミホは、嫉妬心を爆発させ続け、精神を病んでいきます。しかし嫉妬心を爆発させる術《すべ》を持たず、心の中にため込んでいくしかなかった六条御息所のことを思うと、私はミホの方がまだ幸せだったのでは、と思うのでした。夫のトシオは、どれほど責められてもミホの方を向いていましたが、六条は嫉妬を表に出す自由すら、与えられていなかったのです。六条の魂が肉体を「あくがれ歩く」のも、無理も無いことなのではないか。

当然私は、作者の紫式部も、嫉妬の心を知っていた人であると考えます。世の中にはたまに、

「嫉妬とかって、よくわかんなーい」

と言う人がいますが、嫉妬を知らない人が本当に実在するとしたら、その人は決して物語など書くことはできないのではないか。

紫式部は、藤原宣孝《のぶたか》という男と結婚したのですが、その時は既に、宣孝には妻がいたらしいのです。『紫式部集』には、宣孝との結婚前の歌のやりとりが収められていますが、その歌の合間には、宣孝についての、

「近江《おうみ》の守《かみ》の女《むすめ》懸想《けそう》すと聞く人の、『ふた心なし』と、つねにいひわたりければ……」

といった文章が。つまり宣孝は、紫式部には「二心はない」と言いつつも、「近江の守の娘」に言い寄っている噂もあるような妻帯者。当然、嫉妬する場面もあったことでしょう。

宣孝の死後に紫式部は中宮《ちゅうぐう》・彰子《しょうし》の女房となりますが、その間に彰子の父である藤原道長と関係があったという説もある。当時の道長といえば、光源氏並みのモテ男だったわけで、才女としては知られていたものの一介の平《ひら》女房であった紫式部としては、嫉妬心を抱いたこともあるに違いありません。

しかし彼女もまた、「ミホ」になることはできないタイプなのです。内向きで、自

己評価が低いフリをしつつも自身に強い誇りを持っている彼女としては、自らの矜持にかけても、嫉妬を外にたれ流すことはできなかったのではないか。彼女は嫉妬のマグマを、局《つぼね》の中で一人、波打たせるしかなかったのです。

そんな性質の持ち主であったからこそ彼女は、六条御息所にあれだけの働きをさせました。紫式部は本当に、嫉妬の末に誰かのことを「死ねばいいのに」と思ったことがあるのではないかと私は思います。その思いを、六条御息所に遂げさせることによって、彼女は心の中のマグマを鎮めたのでしょう。

平安の世から現在まで、六条御息所の存在は、嫉妬のあまり誰かのことを「死ねばいいのに」と思ったことがある人達の心を、ずっと慰撫《いぶ》し続けています。嫉妬することすら源氏から禁じられ、その末に六条の嫉妬によって殺されそうになる紫の上が、源氏物語におけるベビーフェイスのトップスターだとしたら、六条御息所はヒールのトップスター。その姿にエールを送り続ける人は、いつの時代にも存在し続けているのだと私は思います。

# プロデュースされたい

源氏が最も愛した女性は誰かという話になりますと、それはやっぱり、紫《むらさき》の上《うえ》。そして『源氏物語』に登場する女性の中で最も可哀相な人は誰かという話になりますと、それもやっぱり、紫の上なのです。

紫の上といえば、子供の時に源氏に「カワイイ!」と目をつけられて、さらわれるように源氏の家に連れてこられ、源氏の思う通りに育てられてきた女性。自分好みに育てただけあって、源氏最愛の女性であるわけです。

しかし紫の上は、源氏からの愛は潤沢に与えられたけれど、愛以外のものには恵まれなかったと言っていいでしょう。

まず、彼女は妻の座というものに恵まれませんでした。正妻の葵の上が亡くなった後も、正妻に昇格するわけでなく、何となく源氏と一緒に住んでいたという事実婚関係。そうこうしているうちに、源氏三十九歳の時、病の重い朱雀院《すざく》（源氏の異母兄。

前天皇）から、

「あとに残される娘・女三《おんなさん》の宮《みや》が心配だ。どうか面倒をみてはくれまいか」

と、つまりは暗に「うちの娘と結婚してくれ」と頼まれ、断れずに結婚してしまうのです。ま、源氏はこと女性に関しては「ノー」と言えない人でしたし、身分の高い若い女性を妻とするということに、魅力を感じなかったわけでもないでしょう。

でもその女三の宮って、つまり自分の姪《めい》っ子ということではないの？　と疑問に思う方もいるかもしれませんが、この時代はいとこ同士、おじと姪、おばと甥《おい》といった結婚は珍しいものではありません。葵の上にしても源氏とはいとこ同士ですし、親族内でやったりとったりしているのが、当り前なのです。

内縁とはいえ、安定した立場を得ていた紫の上は、その結婚にさぞやショックを受けたことと思います。紫の上も既に三十代になっており、そんな時に若くて身分の高い正妻が突然やってきたというのも、つらかったのではないか。

それだけでなく、紫の上は子供にも恵まれませんでした。源氏はあまり子ダネが豊富なタイプではなかったのか、はたまたプレイボーイであるが故に避妊上手でもあったのか、誰かれとなく性交渉を持ちまくっているわりには、子供の数は少ないのです。最初の正妻である葵の上に男の子が一人（夕霧《ゆうぎり》）と、明石《あかし》にいる時に関係した明石の君に女の子が一人（明石女御《あかしのにょうご》）と、正式な子供は二人だけ。自分の父（桐壺帝《きりつぼ》）とその愛人（みたいな存在ですね）の藤壺《ふじつぼ》の間に生まれた息子（冷泉帝《れいぜい》）も、実は源氏のタネなのですが、それは周囲には知られておりません。

後に源氏の正妻となった女三の宮にも子供（薫《かおる》）は生まれますが、これは実は源氏の子ではないわけで、本当に源氏の子供というと、三人だけということになります。

紫の上は、子供の頃から死ぬまでずっと源氏と一緒にいるのに、妊娠しないのです。平安貴族のように一夫多妻風の男女関係がある場合、女性の立場を守るのは、子供です。自分の息子が跡継ぎになったり、自分の娘が高い地位の人と結婚したりすることによって、母は安定した人生を送ることができたのです。

しかし紫の上は、子供を産むことはできず、頼みの綱は源氏の愛だけでした。そんな中でも私が最も残酷だと思うのは、明石の君が産んだ子供を、紫の上のもとで養育したということなのです。

明石の君のもとで育てるよりも、娘の将来を考えるならば自分のもとで育てた方がいいだろうということで、源氏は娘を引き取りました。娘を奪われた明石の君の悲しみは激しいのですが、しかし他人が産んだ小さな子供を抱いた紫の上の心中も、察するに余りあるのです。

女三の宮はその時まだ出現していませんが、正妻ではない立場の自分には子供がおらず、そこに別の愛人の子が連れてこられて、

「育ててね」

と言われる。この源氏の行為は、子供のためを思ってのこととはいえ、明石の君にとっても紫の上にとっても、あまりに残酷ではないかと、今を生きる私としては思う。

紫の上は、「児《ちご》をわりなうらうたきものにしたまふ御心」、つまり子供を無性に可愛がる気質であるとされていて、確かに彼女は明石の君の娘を引き取った後も、他のことはほったらかしで、抱いたりあやしたりするのです。

しかし、その心に一点の暗い影もなかったかというと、私は疑問を感じるのでした。子供のことは本当に可愛いと思っていても、彼女は「しかし、自分の子供ではない。自分は、子供を産んでいない」という気持ちを、常に隠していなくてはならなかったのではないでしょうか。

この、自分の感情をコントロールする能力こそ、源氏が紫の上を自分好みに育てていく上で、最も手をかけたところなのではないかと私は思います。もちろん源氏は、紫の上の容姿も、美しく育てたに違いありません。礼儀作法やたしなみも教え込んだでしょうし、教養も身につけさせたでしょう。様々な美しいものを見せることによっ

て、センスも磨いたことと思います。元々がさらってきたくなるほど美形の紫の上ですから、さぞや磨き甲斐もあったのではないでしょうか。しかし彼が磨いたのは、その手のことばかりではありません。

冒頭から二つ目に位置する「帚木《ははきぎ》」の帖《じょう》には、前にも記しましたが「雨夜《あまよ》の品定め」というシーンが出てきます。物忌みのため宮中で夜を過ごしている時、十七歳前後の源氏が、仲良しの頭中将《とうのちゅうじょう》達と、「どんな女がいいか」ということに関して話し合っているのですが、「結婚するならこんな女」という話題の折、左《ひだり》の馬《むま》の頭《かみ》という男子は、あまりに女っぽすぎる女も困りものだし、ぬかみそ臭いような女もいまいち、と述べています。結局、

「ただひたぶるに子めきて、やはらかならむ人を、とかくひきつくろひては、などか見ざらむ」

と、つまりは「ひたすらおっとりして柔和な女を、何かと教え込んで、妻にするのが良さそうだよね」と言っている。

若いのにずいぶんとスレた意見だとは思いますが、この時代の遊び人貴族達は、もうたっぷりとその方面の経験を積んでいるのでしょう。この好みは、左の馬の頭の発言ということになっていますが、当時の共通した感覚と言ってもよいのではないかと

思われます。

だからこそ源氏は、「ただひたぶるに子めきて、やはらか」な紫の上をさらってきて、自分好みに染めあげたのでしょうが、彼が最も重視したのは、おそらく内面でした。

『紫式部日記』において紫式部は、同僚である女房達についての品定めをした後で、

「なんだかんだいったところで、気立ての良い人ってなかなかいないものね」

といったことを嘆息気味に書いているのでした。

はたまた、同日記において「女はこうあるべき」ということについて記した時は、ともかく彼女は「癖の無い人」がお好みのようでした。多少異性関係に締まりの無い人でも、人がらに癖が無ければいいんじゃないの、とも書いてあるのです。……まぁ、紫式部本人にも、相当「癖」はあったと思うのですけれど。

自らに「癖」があると知っていたからこそ、心ばせ、つまり気立ての良い女性をいつも求めていた、紫式部。となれば、彼女が創作した主人公である源氏が、心ばせの良い女性を求めるのは、当然のこと。源氏は、紫の上の心ばせを、最も熱心に育てようとしたのではないでしょうか。

教育の結果、紫の上は、愛人が産んだ子供を、こよなく可愛がることができるよう

な人格となりました。「ただひたぶるに子めきて、やはらか」だから彼女は他人が産んだ子を可愛がることができるのでは、ありません。心にある暗い影は押し殺さなくてはならないという源氏の教育の成果によって、彼女は無心に子供を可愛がるのです。

この時代、女性にとって後ろ盾という存在は、非常に大切なものでした。後ろ盾とは、時に父であったり夫であったりするわけですが、どんな男性が後ろ盾つまりスポンサーでありプロデューサーになるかによって、女性の人生は決まったのです。

朱雀院は、「自分が死んだら、娘には後ろ盾が無くなってしまうから」と、自分の亡き後に後ろ盾になってくれるよう、つまりは娘と結婚してくれるよう、源氏に頼みました。また、源氏は明石の君の娘を引き取って育てる時、もちろん将来は帝《みかど》の后《きさき》となることを期待して、「あらゆることに通じて偏ることなく、しかし突出して優れた部分も持たせず、とはいえよく知らずにまごつくこともないよう、ゆったりした教育を心がけ」たのだそうです。教養もたしなみも、全てにおいて過不足なく身につけさせてゆったりと……とは、まさに正妻向きの教育。そのプロデュース力が功を奏して、明石の君の娘は、やがて見事に朱雀院の子息である当時の東宮《とうぐう》と結婚するのです。

自分で自分の生きる道をプロデュースしている私のような身からすると、このように「誰か有力な人からプロデュースしてもらう」ことは、少し羨ましいものです。有

力者から、

「君は素晴らしい資質を持っているね。僕がその資質を開花させてあげよう」

などと発見されてみたいものだと、自分の力しか頼るものがない人間としては、思うことがある。

おそらく紫式部も、その感覚をどこかに持っていたのではないかと私は思います。彼女のお父さんは、貴族の中では中流階級だった人。ただし教養人であったので、「娘に教養をつける」というプロデュースは行って、

「お前が男だったらなぁ……」

と、その才を見出してはいました。が、有力者と結婚させるだけの力はなかったのです。

紫式部は年上の男性と結婚したものの、年上なだけあって間もなく死去。彼女は、後ろ盾の無い状態で女房として宮中に入り、「ああ、宮仕えの世界って苦手だわ」と思いながらも、身についた教養と筆が立つという能力をもって、自分の居場所を作り出したのです。

そんな彼女はきっと、有力な後ろ盾を持ち、男に好まれるようにとプロデュースされていく女性達を見て、「いいなぁ」と思ったに違いありません。現在の世の中にお

いて、努力してスキルを身につけてバリバリと働く女性が、特別な才能があるわけでもないけれどおっとりと育った末にお金持ちと結婚していく女性を見てふと、「ああいう生き方も、あるかも」と思うように。

源氏に、紫の上を思う存分プロデュースさせたのは、彼女のそんな願望のあらわれではないでしょうか。そして、当代一の男性からプロデュースされて当代一の幸せ者になるはずだった紫の上が、実は最も不幸であったという物語は、紫式部のちょっとした復讐心のせいであるような気も、するのです。

## 頭がいいと思われたい

紫式部は、なぜ『源氏物語』を書いたのでしょうか。

〝彰子《しょうし》サロン〟の権勢を示すため、という理由は、もちろんあることでしょう。紫式部が仕えていたのは、一条天皇の中宮である、彰子。外戚《がいせき》政治というものが行われていた当時、高貴な女性は、自分の周囲にいかに質の高い女房達を集《つど》わせるかということによって勢いを誇示したのだそうで、紫式部は、その文芸部門担当のエースとして、源氏物語を書いたのだ、と。

ちなみに彰子よりも先に一条天皇に入内《じゅだい》していたのは、皇后・定子《ていし》。〝定子サロン〟には清少納言がいて、『枕草子』を書いていますから、それに対抗する意味合いもあったことでしょう。

何かを書かずにはいられないほどの、内的欲求が紫式部にあったことも、確かだと思います。夫の死後に出仕した宮中における生活の中で入ってくる、様々な刺激と情報。彼女はあまり外向的な性格ではありませんから、精神の内部にため込んだものを、おしゃべりや態度で外に発散するのではなく、たっぷりと熟成させた後、筆先からほとばしらせたものと思われます。

しかし彼女がこの作品を書いた理由は、それだけではないような気がするのです。紫式部の中に、必ずやあったのではないかと思われる欲望。それは、

「頭がいいと思われたい」

というものではなかったか。

平安時代の貴族女性は、教養を身につけなくてはなりませんでした。和歌のやりとりなどする時、教養をベースとして当意即妙の受け答えができなければ、「いい女」にはなれなかったのです。

とはいってもその教養は、高ければ高いほど良いというものでもありません。男性と同じような教養は必要なく、求められていたのは、ほどほどの教養。あの時代、漢字（＝真名《まな》）は男性が使用し、ひらがな（＝仮名）は女性のものという認識があったことはよく知られていますが、漢詩や漢文の知識を女性が持ちすぎることは、それはそれで「そんな頭でっかちの女なんて」と、望ましくないとされたのです。

教養がなくてはお話にならないけれど、身につけすぎてもいけない。……という微

妙な状況に、当時の貴族女性は置かれていました。ま、その辺の事情はかなり長い間変わらなかったどころか、今でも同じような意識を持つ人が、意外にいるものです。しかし、教養という名の山がそびえ立っているのに、知的好奇心を持っている女性に「登るな」と言うのは、無理な話です。当時の女性達の中でも、男性と同じような教養を身につけてしまった人はいるわけで、紫式部もその中の一人。

紫式部は、男性と同等もしくはそれ以上の教養を持ちながらも、同時に当時の女性としてのたしなみも、強く持っている人でした。だからこそきっと、はからずも自分が身につけてしまった高い教養をどう取り扱えばいいのか、苦悩したのだと思うのです。

源氏物語の中でも紫式部は、

「女というものは誰でも、何か表看板にするようなものをつくって打ち込んだりするのは、見よいものではありませんね」（「玉鬘《たまかずら》」）

と源氏に語らせたり、前章で記した通り、源氏に明石の姫君を、あらゆることに通じているけれど突出して優れた所を持たせないように育てさせたりしている。

すなわち当時の感覚で言うと、一芸に秀でたり、何か特別な才能を持っていたりということは、女として決して上品なことでもなければ、望ましいことでもなかったのです。常識程度の教養は持ちつつも、知識自慢など決してしないようなおっとり感を持っていることが、大切だった。

男性ウケ、世間ウケを考えた時、教養豊かな女性は、その教養を隠さなければなりませんでした。『紫式部日記』には、自らの高い教養に対する誇りと、「教養を隠さなければならない」という意識の間で揺れ動く紫式部の様子が、しばしば出てくるのです。

たとえば彼女は、他の女房から、

「あなたがこんな人だとは、思わなかったわ。とても気取っていて近付きにくくてよそよそしくて、物語好きで歌が詠めることを鼻にかけて、人を人とも思わずに他人を軽蔑するような人だとみんな言っていたけど、会ってみると不思議なほどおっとりしていて、別の人かと思われました」

と言われています。しかし紫式部は、単に「おっとり」しているわけではなく、おっとりしたフリをしているだけなのです。

紫式部は、「教養をひけらかす女」と他人に思われることを、とても恐れていたようです。ある時、源氏物語を読んだ帝が、

「この人はきっと、日本紀《にほんぎ》を読んだのだね。本当に学識ある人だ」

と言っていたということを聞いて、別の女房が、

「紫式部さんって、ひどく自分の才能を鼻にかけてるわよね」

と、「日本紀の御局《みつぼね》」などというあだ名をつけ、彼女の悪口を男性達に言い触らしたのです。それを知った紫式部は、

「私は実家の召使の前ですら慎んでいるというのに、ましてや宮中で学をひけらかすわけがないでしょう！」

と、プンプンしている。

また、

「男だって、学問を鼻にかけた人は、いかがなものか。決まって出世しないようですよ」

などという評判を聞くと、

「私など、『一』という字さえきちんと書けませんし、まったく不調法であきれるばかりです」

などと記している、紫式部。しかし、もちろんそれは「一という字も書けないフリをしていたほど、私はたしなみ深いのです」という意味なのであって、その後にすぐ、

「屏風《びょうぶ》に貼ってある紙に書いてある漢詩も読めないフリをしている」

と、自分は教養を隠しているだけ、ということを吐露しています。

こんなに教養のある私が、その教養をこんなに一生懸命に隠しているのに、陰口を言われるとは心外だ。……というのが紫式部の言い分なのですが、そんな彼女はあまりにも普通の人の感覚を理解していないのではないかと、私は思います。

平安時代の女房の世界というのは、つくづく女子校の世界と似ているといつも思うのですが、女子校においては、

「私、ぜんぜん勉強してなーい。どうしよう」

などと試験前に泣きそうな顔をしていたくせに、結果的には良い点をとって先生に気に入られるような人は、最も嫌われたものでした。本当はしっかり勉強してきたのに、下手に勉強してきていないフリをするから、イヤミだったのです。

紫式部の場合も、彼女が教養豊かな人だったということは、源氏物語など書いた時点でバレバレであるにもかかわらず、「一」という字も書けないフリをし、しかし一方ではその教養と文才があるために帝や中宮から可愛がられるとなれば、陰口も叩かれようというもの。

紫式部本人は、「私は完璧に、教養を隠している」と自負していたことは確かです。

紫式部日記に、清少納言に対する激烈な悪口が書いてあるのは有名ですが、そこでは、

「清少納言こそ、得意顔をして、鼻持ちならない人です。あれほど賢そうに漢字を書き散らしているその教養のほども、よく見てみれば足りないことばかり。私は人とは違うのよ、なんて思う人は必ず見劣りするし、行く末は悪くなっていくばかりで……」

と、清少納言の「自分の教養をひけらかす」という部分が、特に攻撃されている。

枕草子を読みますと、清少納言は確かに、「私ったら、エリート貴族相手に、漢籍の知識を生かした当意即妙の応対をして、感心されちゃった！　ホホホ」的な逸話を、自慢気に、そして何度も記していたりはするのです。が、カラッとした性格の清少納言がそれを書くと、自慢話もあまり気にならなかったりする。

湿り気味の性格の紫式部が、清少納言のその手の態度を気に入らなかったことは、よくわかります。「私は清少納言なんかよりもずっと高い教養を持っているのに、それをあの女みたいにひけらかしたりしていないわよ！」と、声を大にして叫びたいのだと思う。

が、その行為が既に自慢になっているということに、紫式部は気付いていません。「清少納言の学識なんて、足りないところだらけ」＝「私はもっとずっと高い学識を持っているからそういうことがわかるのです」ということであり、「それって……、自分の学識をひけらかすってことなのではないの？」と、私などは思う。

紫式部日記の中ではまた、紫式部がエリート貴族に対して白居易《はくきょい》（白楽天《はくらくてん》）の漢詩の知識を用いて呼び掛け、それに応えて男性がその詩を誦《ず》んじた、という逸話が記されています。その辺りを読んでいても私は、「清少納言とあまり変わらないのでは？」と、突っ込みたくなるのでした。

源氏物語や紫式部日記に繰り返し出てくる、「ひけらかす」人への攻撃と、「私はそんなことしません」という自負。それらを読んでいると、やはり紫式部は、頭がいいと思われたかったに違いないと、思えてならないのです。だからこそ彼女は、自分の頭の良さと教養の深さがよくわかるような物語を、書いたのではないか。

物語の執筆によって、彼女は思わぬしっぺ返しを受けました。前出の通り、「なによ、ちょっと源氏物語の評判がいいからってかしこぶって」と、女房達から陰口を言われることに。他人からどう思われているかを強く気にしていたであろう彼女としては、その辺りのもやもやとどろどろを吐き出すために書いたのが紫式部日記なのではないか、という気もするのです。

私も常日頃、「頭がいいと思われたい」という欲望に苛《さいな》まれている者です。しかない教養を、何とか十に見せる手はないかと、姑息《こそく》な努力をしている。

対して紫式部は、十の教養を持っているのに、それを〇とか一に見せなくてはならない時代に生まれました。だからこそ彼女は、「教養豊かである」ということも、そして「その教養を隠している」ということも、どこかで誰かに認めてほしかった。教養豊かという「男らしさ」と、それをひた隠すという「女らしさ」のあいだで、どれほど引き裂かれるような思いをしたことでしょう。

パソコンどころか消しゴムすら存在せず、紙がとてつもなく貴重だった時代に、あれほど長く、読者を決して退屈させない物語を書いた、紫式部。そこには、「自己の才能と教養を認めてもらいたい」という欲求と、「しかしそんな欲求は隠したい」という欲求、相反する二つの欲求が反発しあった結果としての爆発力があったのではないかと、私は思います。

源氏物語が書かれて、千年。その間ずっと、源氏物語と紫式部は、全ての読者から称賛され続けており、「頭がいいと思われたい」という彼女の欲求は成就したわけですが、その事実を彼女は知っているのかどうか。いつかどこかで彼女に会ったら、「あなたのことはみーんな、『頭のいい人』だってわかっていますよ。日本一、どころか世界一の作家だって言われていますよ！」と、彼女に伝えてあげたいものだと、思うのでした。

## 見られたい

『桃尻語訳枕草子《ももじりごやく》』(河出書房新社)において橋本治《はしもとおさむ》さんは、清少納言に、

「結局あたし達は〝イスラムの女〟だったのね。なにかっていうと、直接男達の目に触れないようにして生活してるっていう点でね」

と語らせています。

平安の女=イスラムの女、というのはまさに言いえて妙。戒律が厳しい地域に住むイスラム女性は、真っ黒なブルカで顔をすっぽりと覆っていますが、平安時代の女性達も、まずは髪の下《さ》がり端《ば》で顔を隠し、それでは十分ではないので扇でも顔を隠し、ボディラインは何枚も重ねて着る着物で隠し、その姿自体も御簾《みす》や几帳《きちょう》で隠し……と、幾重にもガードを設けて、男性の視線をシャットアウトしているのです。

この時代は、男性から簡単に見られるような女性は下品とされました。それは、見る側の男性の罪ではなく、見られる側の女性の罪。イスラム女性と同じように平安の

女性も、自らの身を男性の視線から隠す努力をしなくてはなりませんでした。

建物の中に居る時も、外に近い場所に身を置くことは、女性にとっては品の無い行為だったのです。建物の中の外に近い場所を「端近《はしぢか》」と言ったわけですが、身分のある女性は、外から見られる可能性がある端近に軽々しく行ってはならない。バルコニーなどという端近に立ってロミオを待つジュリエットの行為は、平安時代にしてみると、姫にあるまじきものということになります。

しかし私は、平安女性を男性の視線から守るためのガードの数々を見ていると、どうも「甘い」と思えてならないのです。真剣に男性の視線から女性の姿をシャットアウトしたいのであれば、ブルカ様のものをかぶればよいのです。しかし平安女性を隠す道具は、髪であったり扇であったりと、ちょっとした力で動いてしまうもの。御簾や几帳にしても、固定された家具ではありませんから、非常に心許《こころもと》ない。となると、下がり端だの扇だの御簾だの几帳だのといったガードの数々は、ガードでありながらも、「ちょっと動かせば、すぐに見えますよ」と男性を誘うものでもあったのではないかと、私は思うのです。

男性の側は、すぐに動かせるからといって、御簾や几帳を簡単にめくったりしてはならないという意識は持っていました。物理的にはプライバシーが全く守られていない空間の中でも、精神においてプライバシーを遵守するというのが、彼等の矜持《きょうじ》だったとも思われる。

しかし彼等は、絶対に考えていたはずです。この御簾の向こうで、何が行われているのかを。そして、扇のあちら側には、どのような表情があるのかを。軽いガードを幾重にも、というのは、男性の探索欲求をかきたてるための策だったのでは、という気もするのです。

現代の殿方は、ズボンをはいた女性には全くグッとこないのだと言います。対して、「ちょっとめくればその奥には……」と思うことができるスカート、それもひらひらしたやつは非常に好まれる。彼等は本当にスカートをめくることはありませんが、「その奥」を探索する妄想がかきたてられるから、スカート姿の娘さんに胸をときめかすのです。

してみると下がり端も扇も御簾も几帳も、スカートのような働きをしていたのだといえましょう。スカートは、その下にはいているパンツを隠す役割を担うと同時に、パンツの存在を強調してもいるわけで、同じように下がり端だの御簾だのも、女性の姿を隠しつつ、「ここに女がいます」ということを強調している。

現代の男性達は、何かの拍子に女性のパンツがチラ見えすると、ものすごい僥倖《ぎょうこう》感に包まれるそうです。同じように平安男性達も、女性の姿がはからずもチラ見えした時には、大きな喜びを得たようです。

『源氏物語』にも、「チラ見え名場面」とでも言うべきものがあって、それはたとえば「野分《のわき》」における、源氏の息子・夕霧の体験。

この頃、源氏は六条院という広大な邸《やしき》のあちこちに、関係のあった女達を住まわせていました。ある秋の日、野分（台風）が吹き荒れている時に夕霧が六条院を訪れていたところ、渡殿《わたどの》（渡り廊下のような場所）にいたところ、妻戸が開いた隙間《すきま》から、女房達がいるのが見えたのです。そこは、紫の上が住む場所であり、強い風によって屛風が寄せられて奥まで見通すことができた瞬間、夕霧の目に入ってきたのは、紫の上の姿。彼は、

「ものにまぎるべくもあらず、気高くきよらに、さとにほふここちして、春の曙《あけぼの》の霞《かすみ》の間より、おもしろき樺桜《かばざくら》の咲き乱れたるを見るここちす」

と、ぽーっとなってしまうのです。

夕霧は、既に亡き葵の上と源氏の間に生まれた子であり、夕霧にとって紫の上は、義母というか父親の恋人というか、その手の存在。しかし夕霧はそれまで、紫の上の姿をまともに見たことはなかったのです。

それはもちろん、父・源氏が、「この美しい紫の上を息子に見せたら、どんなこと

が起こるか」と心配したからでしょう。何せ源氏は、自分の父である桐壺帝の後妻というか恋人というか、とにかくその手の立場であった藤壺と密通し、妊娠させた過去がある人。藤壺と源氏の関係は、すなわち紫の上と夕霧の関係と同じであることを考えると、息子の視線から紫の上をシャットアウトすることは当然なのです。現代の熟女ものAVにおいても、継母と義理の息子の間のただならぬ関係がしばしば描かれるわけですが、この手の関係は千年前も今も変わらず、スリリングかつエロティックなもののようです。

紫の上を夕霧がチラ見した直後、そこにやってきた源氏は、「ひどい風だねぇ。格子を下ろしなさい。男達に姿が見えたら大変だ」と言うのでした。その後に夕霧がなにくわぬ顔をして姿を見せた時、「やっぱりだ。見られたかもしれない……」と源氏が疑心暗鬼になったのは、源氏がそろそろ中年にさしかかってくるお年頃だったから、なのかもしれません。

夕霧はその夜、紫の上への想いに悶々《もんもん》とします。が、真面目で几帳面な性格の彼は、父のようなカサノバ性は持っておらず、父と同じような過ちは犯さないのでした。

源氏物語では、悲劇のきっかけとなるチラ見え事件も発生します。それは、「若菜《わかな》上」でのお話。

この頃、源氏は四十歳前後。明石の君との間に生まれた明石の姫君が入内したり、臣下としては最高位の准太上天皇《じゅんだいじょう》になったり、六条院に帝の行幸があったりと、我が世の春という時代を迎えていました。と、その頃に舞い込んだのが、病を得た朱雀院からの、

「娘・女三の宮の行く末だけが心配だ」

という相談。女三の宮が藤壺の姪だったこともあり、源氏は女三の宮を正妻として迎えるのです。

しかし女三の宮はいかんせん幼い上に深い魅力にも乏しく、源氏は失望感を抱きます。そんなある日、六条院で蹴鞠《けまり》が催されていた時のこと。プレイヤーとして参加した柏木《かしわぎ》（源氏の親友でありライバルでもある致仕大臣《ちじのおとど》〔＝頭中将、内大臣《うちのおとど》〕の息子）は、かねて気になる存在であった女三の宮（この時代の人は、姿を全く見たことがなくとも懸想《けそう》ができます）の居場所をさりげなく眺めていたのですが、次の瞬間。猫の綱が御簾の端にひっかかり、大きくめくれて女三の宮の姿がはっきりと見えてしまったのです。

やがて御簾は下ろされましたが、時既に遅し。柏木は、女三の宮のナマの姿を見て、雷に打たれたような衝撃を受けました。

柏木と一緒にチラ見現場にいた夕霧は、自身も「おおっ」と思いつつも、「あんなに端近にいらっしゃるとは、軽々しいお方だ。紫の上様であれば、決してこんなことはないであろうに。身分は高い女三の宮様だけれど、父上の愛情が深くないのは、こういうところをお持ちだからなのだろうなぁ……」と、自分もかつて紫の上をチラ見していたくせに、思うのでした。

夕霧の思いを余所《よそ》に、柏木は恋に苦しみます。女三の宮の代わりとして、チラ見の原因を作った猫を可愛がり、悶々とする柏木。やがて彼は想いをつのらせるあまり、女三の宮にとうとう「会う」、つまり事に至ってしまい、彼女は妊娠。密通が源氏にバレてほとんど精神を病むような状態になった柏木は、苦悩の末にあの世へと旅立ってしまうのです。

チラ見さえしなければ、柏木が死ぬことはなかったでしょう。そして、チラ見程度で他人の妻、それも地位も名誉もある人である上に友達のお父さんでもある源氏の妻を犯すほどに思い詰めるとは、つまりそれだけ「見る」ということが彼等にとっては刺激的な行為だったということがわかります。

実際、当時「見る」という言葉は「肉体関係を持つ」という意味で使用されました。異性のナマの姿を見る＝セックスしたも同然、ということになるわけです。

彼等は、異性を見ることに対する免疫を、全く持っていません。柏木達は、御簾から こぼれ出る女房達の着物の端っこや、物の隙間から見える彼女達の透影《すきかげ》を目にするだけで、鼻血でも出しそうなほどに気分を昂《たかぶ》らせてしまいます。それも、彼等があまりに女性を見ることに慣れていないから。

今を生きる私達は、視覚的な刺激に慣れすぎて、若い女の子が身体のどこを露出しながら歩いていても「へー」という感じですが、千年前の人は違う。ほんの一瞬、厚く着物に覆われた女性の姿が見えただけでも、恋心を炎上させることができるのですから。

源氏物語におけるチラ見え事件を読んでいると、千年前の女性達は、本当に自らの身をどこまでも男性の視線から隠したかったのかと、疑問に思えてくるのです。ギリギリまで自らの姿を見せなかったからこそ、いざ見せるとなった時の興奮は高まったにしても、自らの容貌を誇りたいという気持ちは、彼女達にはなかったのか。

あの時代、男女がやっと肉体関係を持っても、まだ彼等は互いの姿を見ていなかったりします。電気などありませんから、暗闇の中で行為だけが行われ、朝が来る前に男が帰ってしまえば、互いの姿は目視しないことになる。実際、源氏が空蟬《うつせみ》かと思って女性を襲ったら違う女だった、ということもありましたし。

当時、牛車《ぎつしや》の下簾《したすだれ》から女性の着物の端を外に出しておく「出衣《いだしぎぬ》」という行為がありました。着物の出し方によって、そこに乗っている女性の身分やセンスを外に向けて知らせることができたわけです。彼女達にしても、「ここに女がいる」ということは、他者に知ってもらいたかったということではありませんか。

となれば、「不可抗力によって、異性から見られてみたい。そしてそのことによって、相手に決定的な影響を与えてみたい」という欲求を、当時の女性が持っていても、おかしくはないのではないでしょうか。社会通念上、自分から姿を見せるわけにはいかないけれど、風だの猫だののせいで異性に見られた時、羞恥《しゆうち》とともに湧き上がるのは快感なのではないかと、紫式部は密かに思っていた気がするのです。

紫式部は、実生活においては決して端近に寄るような下品な行為はしないタイプの女性です。が、建物の奥の方で、ぼうっとした灯りを見つめつつ「もし今、この姿が誰かに見られていたら」ということを一人で想像していたような気がしてならず、そんな彼女は、見ることと見られることの魔力を、誰よりも知っていた人であったように思うのでした。

## 娘に幸せになってほしい

以前、瀬戸内《せとうち》寂聴《じゃくちょう》さんと対談をさせていただいた折、

「女に対して勝手放題の源氏にも、二つだけ禁忌があるんです」

と、瀬戸内さんがおっしゃっていたのです。一つは、出家した女性には手を出さないということ。そしてもう一つは、

「血のつながった母娘《おやこ》には手を出さない。娘のほうが美しいとわかっていてもね」

ということ。


そのお話をうかがって、私は「なるほど！」と、膝を打ちました。たとえば、六《ろく》条《じょう》御息所《のみやすどころ》と、その娘の秋好《あきこのむ》中宮。六条御息所が危篤となった時、彼女は源氏に対して、自分の死後の娘の世話を依頼するのですが、同時に、

「決して、娘に色めいた気持ちはお持ちにならないでください」

とも頼むのです。

「娘は美しい。私が死んだら、きっと源氏は手を出すだろう」という六条御息所の考えは、正鵠《せいこく》を射ています。

「そんなこと、あるわけないでしょう。ご安心ください」

とばかりに源氏が六条の枕頭《ちんとう》を離れて舌の根も乾かぬうちに、彼は六条の娘の姿をのぞき見して、心を動かされるのですから。とはいえ源氏は、六条の言葉を思い出して、ぐっと我慢。「あの六条のことだ、遺言を守らなかったら、どんな仕返しがあることか」と思ったのかもしれませんが。

夕顔と、その娘の玉鬘《たまかずら》にしても、そうです。源氏との熱い逢瀬《おうせ》の時、六条御息所の生霊《いきりょう》によってとり殺されてしまったのが、夕顔。彼女は、源氏の親友である頭中将の〝元カノ〟でもあり、頭中将の娘を産んだ身でもありました。

夕顔と頭中将の間に生まれた娘である玉鬘は、夕顔が亡くなった時、乳母《めのと》のもとにいたのです。乳母は夕顔の突然死を知らないわけで、夕顔が右近《うこん》という侍女とともに、急に行方不明になってしまったと思っている。

仕方なく乳母は、夫の転勤先である九州は筑紫に、玉鬘を一緒に連れていきました。やがて玉鬘は、二十歳の美しい娘に成長。肥後《ひご》の豪族に熱心に求婚されるも、「このような田舎で嫁にやるようなお方ではない」と、乳母とその子供達が玉鬘につきそって、逃げるようにして都までやってきたのです。すると彼女達は、願《がん》かけにやってきた長谷寺《はせでら》において、夕顔の死後は源氏に世話になっていた右近に遭遇。玉鬘は、夕顔の忘れ形見ということで、源氏の六条院に引き取られることになったのでした。

若く美しい玉鬘は、都の貴公子達からモテモテの身となりました。源氏は、どっさり送られてくる恋文への対処法などを教えつつも、もちろん玉鬘に対する思いを、むくむくと膨らませていくわけです。

ついに源氏は、玉鬘に対して自分の思いを吐露し、手は出さなかったものの、一夜を添い寝。その後も思いを募らせつつ、「玉鬘を他の男と結婚させてしまえば、この執着から離れることもできるかもしれない。いやしかし……」と思い悩みます。

六条御息所の娘である、秋好中宮。夕顔の娘である、玉鬘。かつて関係があった女性が産んだ娘に、それぞれ源氏は恋心を抱くのですが、最終的には手を出しません。秋好中宮は、朱雀院にも思いを寄せられるものの、冷泉帝《れいぜい》に入内。冷泉帝とは、源氏の父である桐壺院と藤壺の間にできた子供ということにはなっていますが、実は源氏が藤壺に産ませた子供ですから、源氏は自分の息子に、想い人を嫁がせたことになります。

玉鬘もまた、源氏から尋常ではない寵愛《ちようあい》を注がれながらも、最後まで肉体関係は持ちません。実は玉鬘と父を同じくするきょうだいである柏木、源氏の息子の夕霧、源氏の弟である蛍兵部卿宮《ほたるひようぶきようのみや》、さらには冷泉帝まで、様々なエリート貴公子に思いを寄せられながらも、玉鬘は髭黒大将《ひげくろのたいしよう》という武骨な男と、奪われるように結婚するのです。

源氏を好き放題に動かせておきながら、かつて関係があった女性の娘とは関係を持たせなかった、紫式部。そう思ってさらに読むと、『源氏物語』に出てくる「源氏の元カノの娘達」は、常に母親よりも幸せになっているような気も、してきます。

秋好中宮にしても、冷泉帝に入内した後、子供は生まれなかったものの、夫と仲睦《むつ》まじく過ごしました。源氏の死後は、その息子である薫（とはいっても実は柏木の種《たね》）を冷泉院と秋好中宮の夫婦が養子として迎え、後見したのです。秋好中宮の母である六条御息所が、東宮と結婚したものの早くに死別し、源氏との不幸な恋愛をして、生霊騒ぎなど起こしながら亡くなってしまうのと比べると、安定した人生であったといえましょう。冷泉院には他の妻もいましたが、母親が苦しんだ嫉妬気質は、秋好中宮には受け継がれなかったものと思われます。

玉鬘にしても、最初は気の進まない結婚相手であった髭黒大将との間には、なんだかんだと五人の子供が生まれ、娘の一人は冷泉院に入内、もう一人の娘は母のあとを受けて尚侍《ないしのかみ》になるなど、その家は栄えていきます。頭中将と源氏、二人の若いプレイボーイに翻弄《ほんろう》されたあげくに早くに亡くなってしまった母・夕顔と比べると、やはり幸せな人生と言うことができるのです。

そしてもう一人、源氏物語における「母よりも幸せになった娘」といえば、明石の姫君でしょう。政治的に窮地に陥った源氏が、決定的な打撃を受ける前に自ら流れていった須磨《すま》そして明石において出会ったのが、明石の君。悪い言葉で言えば源氏の現地妻的な存在であった彼女はやがて身籠《みご》もり、女の子が生まれます。

生まれた女の子は、「こちらで育てた方がこの子のため」と、源氏&紫の上に引き取られるのでした。「劣り腹（＝身分の低い母）」から生まれた子供、などと時には陰口をささやかれながらも、やがて貴顕へ嫁ぐであろう良家の子女としてしっかりと育てられたその子は、目論み通り東宮へ入内。しかし明石の君は、ずっと我が子との別居を余儀なくされました。

東宮はやがて帝となり、明石の姫君は中宮となります。二人の間には五人の子供が生まれ、明石中宮《あかしのちゅうぐう》は安泰の人生を送るのです。

元々は明石で寂しい生活を送っていた明石の君が、やがて中宮の母となり、未来の帝の祖母となったということで、彼女は「幸ひ人」と人に言われます。が、彼女の幸福は、子供と引き離される不幸を味わった後に得たもの。田舎から都へ出てきた母・明石の君と、最初から源氏のお嬢様として育ってきたその娘とでは、かなり異なる人生ということができましょう。

いずれにしても紫式部は、母と娘を描く時、決して娘を母より不幸にはしなかったのです。娘が幸せを得ることによって、母の不幸が報われる、という形をとっている。

ここで紫式部の実生活に目を移してみると、彼女は幼い頃に母親と死別しているのでした。ですから人一倍、母親に対する憧憬《しょうけい》を持っていたものと思われます。二十代の後半で結婚し、三年ほどで夫は病を得て亡くなってしまいますが、その結婚生活の間に生まれたのは、一人娘の賢子《けんし》。紫式部もまた、娘の母親でした。

紫式部からしてみたら、娘の賢子は、早くに父を亡くした子。後ろ盾のいない娘を、紫式部は深く愛したものと思われます。『紫式部集』には、

「若竹の　おひゆくすゑを　祈るかな　この世をうしと　いとふものから」

という歌が載っていますが、これは娘が病気になった時に詠まれたもの。自分はこの世を「憂し」と思ってはいるけれど、幼い我が娘が成長する行く末は、どうか無事であってほしいものだ……という内容です。

この歌には、「娘には、自分のようにあれこれと思い悩むようなことなく、若竹のようにすくすくと生きていってほしい」という紫式部の賢子に対する切実な願いが込められています。夫の死に落胆し、慣れない宮仕えに心許なさを感じ、常に物思いをせずにいられなかった彼女は、源氏物語という大ヒット作を生み出しながらも、自己肯定意識や幸福意識の低い人であり、娘にはもっとのびのびとした人生を送ってほしいと思っていたのです。

だからこそ彼女は、源氏物語の中の「娘」達を、母親よりも常に幸せにしたのではないでしょうか。源氏から思いを寄せられても、危ういところで紫式部は「娘」達を救い出し、もっと良い相手と結婚させている。紫式部の母心が、そのようなストーリーを作らせたような気がするのです。

では、紫式部の娘である賢子の人生は、実際にはどのようなものだったのでしょうか。彼女は、母親が出仕していた彰子《しょうし》に、やはり女房として仕えました（彰子は、長生きだった）。最初の結婚をした後、親仁《ちかひと》親王（後の後冷泉《ごれいぜい》天皇）の乳母となり、その後二度目の結婚。それぞれの結婚で子をもうけ、歌人としても活躍し、八十歳を超える長寿をまっとうしました。

母である紫式部が仕えた彰子に仕え、歌人として文芸の道も継いだ、賢子。それは、母にとっては喜ばしい姿であったことでしょう。最終的には長寿も得た賢子の人生は、当時の女性としては、まず幸せだったということができるのではないかと思え、「娘に幸せになってほしい」という紫式部の願いは、天に届いたのです。

当時の貴族社会において、「娘」が自分の幸せを自分の手で摑《つか》み取ることは、ほぼ不可能でした。自分で自由に出歩くことができるわけではない。女性の側から、「あの人と結婚したい」と思うことも無理。親の意向で嫁入り先が決まったり、はたまた玉鬘のように、懸想してきた男性が、犯すかのようにして奪っていくということもあったわけです。

ということは、娘として生まれたからには、親が結婚相手を決めるか、はたまたどこかから自分のことを思ってくれている男性が登場することを、ひたすら待つしかなかったわけで、彼女達の幸せは、他人任せのものでした。

女房として働くような女性は、仕事の幸せというものも感じることができたのではないか、という気もします。が、たとえば『枕草子』には、「宮仕えする女性のことを、軽薄とか良くないとか思っている男性というのは、憎たらしいものだ」

という記述があるのでした。清少納言がこう書くということは、当時のキャリアウーマンを好もしくないと思っていた男性が、確実にいたということ。「女は、結婚して子供を産んでナンボ」という意識が、厳然として存在していたものと思われます。

明石の君は「幸ひ人」と言われたわけですが、この場合の「幸ひ」とは、高貴な人から愛されることを意味します。つまり当時の女性にとっての「幸ひ」とは、もちろん仕事で自己実現することでもなければ、自分から男性を愛することでもなく、「愛される」ことだった。

紫式部自身は、当時としては長い独身生活を経験していたわけで、その間には「私は果たして、誰かから愛されることになるのだろうか?」と悩んだものと思われます。文人ではあったものの、政治的手腕はさほどなかった父は、娘に良い婿を見つけてくる手腕も、持っていなかったのかもしれません。

そんな不安を知っていたからこそ、紫式部は、娘の幸せを祈りました。源氏物語に登場する娘達が幸せになっていくのも、母である紫式部の祈りが、そこに込められているから。

不幸な女性が多く登場する源氏物語の中で、娘達が幸せになっていく姿は、私達をほっとさせます。その背景に、作者の母としての愛があるとするならば、その愛こそが、この物語の中の救いとなっているような気がするのでした。

## モテ男を不幸にしたい

光源氏は、モテます。絶世の美男子の上に身分も高く教養も豊か。女性にちょっと言い寄れば、全てなびいてくるのです。

モテ男を見た時、女性の中には二つの気持ちが生まれるものです。すなわち、「ああいう人に言い寄られたとしたら、そりゃあまぁ、私だってなびいてしまうでしょうねぇ」という気持ちと、「あの人、自分がモテるからっていい気になって。どうにかしてギャフンと言わせてみたいものだ」という気持ちが。

紫式部が生きた時代の権力者、藤原道長が光源氏のモデルという説があるということは、以前にも記しました。道長が紫式部に言い寄ったことがあったという記述は、『紫式部日記』にも残されています。

おそらく紫式部は、道長と関係を持っていたのでしょう。権力者の庇護《ひご》のもと、彼女は『源氏物語』を書き、そして物語は流布していった。

だとするならば、彼女は道長に対してどのような気持ちを抱いていたのでしょうか。当代一の権力者かつモテ男からお情けを頂戴するというのは、名誉なことでもあったのだと思います。さほど美人というわけではなかった（ような気がする）紫式部が、文筆の才によって道長から目をかけられたわけで、ちょっと自慢したいような気持ちがあったからこそ、彼女はそのことを日記に書いたのではないか。

しかし彼女は、道長から特別に寵愛されたというわけでもありません。美人など腐るほど周囲にいたであろう道長からしたら、紫式部に手を出したのは、ちょっとした珍味食い感覚だったのではないか。もちろん紫式部も、自分が道長からどのように思われているかは、ちゃんと自覚していたものと思われます。

となった時、紫式部が道長に対して抱いた感情は、憧憬半分、そして「あの男が、不幸になればいいのに」という気持ち半分、だったような気がするのです。権力、財力、モテ力を全て持ち、思うがままに振る舞う道長に対して、子持ち未亡人として宮仕えに出ていた紫式部は、愛憎相半ばする意識を持っていたのではないでしょうか。

とはいえ特にモテもしない女は、モテ男に言い寄られたら、それを拒否することはできないのです。モテ貧乏性の身としては、「せっかくだし」などとモテ男を受け入れてしまうのですが、しかし受け入れたが最後、さほど大切には扱われない。相手に翻弄される悔しさを味わいながら、心の中で「この男が不幸になればいいのに……」という気持ちを煮えたぎらせることになるのです。

紫式部は、その手の気持ちを作品の中で昇華させたのではないかと、私は勝手に思います。「この世はモテ男の思うままにいくわけではない」ということをわからせてやりたい、という気持ちを源氏物語の中で体現するのは、たとえば、朝顔《あさがお》。

朝顔とは、源氏が十代の頃から想いを寄せている女性。彼女は、源氏の父・桐壺帝の弟である式部卿宮《しきぶきょうのみや》の娘ですから、源氏にとっては父方のいとこということになります。「帚木」には、「式部卿宮の姫君に、朝顔を贈った時の歌が……」といった記述が出てきます。その後は「葵」において、源氏が朝顔に想いを寄せるも、彼女が拒否している様子が、ちらっと出てくる。

普通に源氏物語を読んでいると、朝顔と源氏の恋の馴《な》れ初《そ》めが全く記されていないので、読者は「?」と思うのです。「この朝顔って、誰?」と。同じように、六条御息所との馴れ初めも源氏物語には記されておらず、ここも読者が「?」と思うところ。どうやら源氏物語には、当初は「輝《かがや》く日《ひ》の宮《みや》」という帖があったという説があるのです。この帖には、朝顔や六条御息所との恋のはじまりが記してあったのだけれど、その後消失してしまったのだ、と。

恋のきっかけが書かれていないのもまたミステリアスな感じがするものですが、どうやら源氏の六条御息所への恋と、朝顔への恋は、そう遠くない時期に始まったらしい。そして六条御息所は、最初は拒否していたものの結局は源氏と関係を持ち、対して朝顔は、拒否し続けた。

「葵」には、朝顔の気持ちが少し、記してあります。二十代前半というモテ盛りの源氏から熱い文をもらっても、「六条御息所と同じ目にはあいたくない」と、朝顔はなびかない。かといって、相手の面子を潰すようなひどい断り方もしないので、源氏はますます「並の人とは違うことよ」と、想いを深めるのでした。

誰からも愛されるモテ男の場合、女が拒否をすればするほど、「やってやる！」という狩猟心は強まるのでしょう。その辺りは、「断られるのが怖いから」と言い寄ることもしない今時の男性とは、おおいに異なるところです。

「朝顔」においては、源氏が三十代になって、ますます朝顔に心を奪われていく様が描かれています。「葵」から「朝顔」までの間に、源氏の正妻の葵の上が亡くなったり、紫の上と関係を持ったり、朧月夜《おぼろづきよ》と関係を持ったことがばれて須磨に流れ、明石の君との間に子供が生まれたり……と、色々なことがありました。が、源氏の朝顔を想う気持ちは、その間も持続している。

父が亡くなったために斎院《さいいん》を退下《たいげ》した朝顔も、源氏のことが嫌いなわけではないのです。既に源氏は出世していますから、地位も名誉も美貌も兼ね備えた立派な人だとは知っているのだけれど、立派すぎるからこそ、「あちらも私も、もう愛だの恋だのというには似つかわしくない年なのだし」とか「こんなことが世間の噂になったら」とか「もしお付き合いしたとしても、普通の女が源氏に憧れているのと同じように思われるかもしれない」などと思って、拒否をし続けている。

対して源氏は、拒否されるからこそ、ますます頑張ります。彼としては、地位も上り、年も重ねた今となっての浮気沙汰《ざた》は世で非難されるかもとは思いつつ、「とはいえ朝顔への懸想《けそう》が成就しなかったら、ますます物笑いになってしまう」と、「源氏と朝顔が結婚するかも？」という噂を聞いて嫉妬に苦しむ紫の上をよそに、朝顔のもとへ行こうとするのです。

朝顔と源氏の駆け引きというのは、いわば自分の面子を守るための駆け引きでもあるのでした。朝顔は、「六条御息所とか、その辺の女と一緒だと思われたくない」「この年になって世間で噂になりたくない」と、あくまで自分の面子を守ろうとする。源氏も、「朝顔に執心しているということが既に世間の噂になっているというのに、これで手に入らなかったら俺の面子は……！」と、押していく。

面子と面子のぶつかり合いに敗れたのは、結局源氏の方でした。朝顔はとことん自分の面子を守り、源氏になびかない。源氏と関係を持っては不幸になっていく女性ばかりの中で、プライドを通した朝顔は、一服の清涼剤のような存在なのです。

朝顔以上に、源氏にショックを与えた女性もいます。その人の名は、女三の宮。朱雀院が、死に瀕《ひん》するにあたって、愛娘《まなむすめ》の後見を源氏に頼み、源氏もそれを受け入れたということは、以前にも書きました。女三の宮が正妻となったことによって、紫の上は、朝顔に対して感じたどころではない嫉妬に、悩まされることになるのです。

結婚はしてみたものの、女三の宮は源氏にとってはあまりにも子供っぽい女性でした。さほど深い愛も注がずにいたところ、猫のいたずらで姿をチラ見したことによって、柏木が恋に堕《お》ちてしまうのです。

結局、女三の宮は柏木と関係を持ってしまいます。その事実は、柏木からの文を源氏が読んだために源氏の知るところとなったのですが、その時すでに女三の宮は、柏木の子を懐妊していました。女三の宮が男児を出産した後、柏木は源氏を恐れるあまり、亡くなってしまうのです。

先にも述べたように、源氏は若い頃に、父の妻である藤壺と密通して、自分の子供を産ませています。自分の子とは桐壺帝に知られないまま、その子は冷泉帝となった。

そして自分が五十代も近くなってきた時、源氏は自分の妻を、若い男に寝取られるのです。まさに、因果応報。

この辺りのことが書いてある「若菜　上」「若菜　下」は、源氏物語の中でも最も盛り上がるとされる有名な帖ですが、この辺りを読んでいる時、私達の心の中に浮かび上がる言葉は、言うならば「ざまあみやがれ」というものなのではないかと思います。大臣としては最高位にまで出世し、かつて関係をもった女達を自分の邸に住まわせ、美人の愛人と身分の高い妻を持ち、娘は入内し……と、まさに道長のように欠けるところのない望月《もちづき》生活を送っていたのに、突然自分がコキュ、すなわち「妻を寝取られた男」になってしまう、源氏。私達の中の、そして紫式部の中にもあったであろう「モテ男が不幸になるといいのに」という欲求は、ここでたっぷりと満たされることとなります。

源氏は女三の宮をさほど愛していたわけではないのだから、別に寝取られてもいいではないの、という話もあることでしょう。しかし源氏のような男性の場合、女は愛の対象であるのと同時に、陣地と同じ所有物でもあるわけです。自分の女を若造に寝取られるというのは、自分の陣地に勝手に他人の旗を立てられたようなもの。

朝顔に対する恋の時も、最後の方は、「朝顔という人が好き」というよりも、なびかない朝顔だからこそなびかせたい、世間に笑われるからなびかせたい、という気持ちになっていた源氏。朝顔とは源氏にとって、どうしても占領できない土地のようなものだったのでしょう。

となれば、正妻である女三の宮が他の男の子供を産むなどということは、源氏にとってどれほどの屈辱となったことか。「柏木風情の男に寝取られるとは……。女三の宮も女三の宮なら、柏木も柏木だ。このことは決して顔色にも出してはならないけれど、ということは自分と藤壺がただならぬ関係にあったことにも、もしや父上は知って知らぬフリをされていたのであろうか」などと、源氏は思い悩むのです。

その後、とある宴席で柏木と会った源氏は、酔ったフリをして柏木に絡みます。

「年をとると、酔って涙もろくなっていけないなあ。柏木君、にやにやしてるようだけれど、笑っていられるのも今のうちだよ。年月は逆さまには進まないからね。老いから逃れることはできないよ」

と冗談めかして言うものの、柏木にはもちろんそれが冗談と聞こえるはずもなく、針のむしろに座っているような心地。柏木はその後すぐに、恐怖のあまり寝付いてしまい、やがては死に至るのでした。

源氏ほどの人であれば、柏木に対して何も言わないことによって、プレッシャーをかけることもできたでしょう。しかし彼は、我慢できずに柏木にイヤミを言ってしまった。この辺りに「源氏も、人の子」という事実が感じられます。

紫式部は、このように見事な手法をもって、源氏に不幸を与えてくれたのでした。栄耀《えいよう》栄華の眩《まぶ》しさの中に、不幸のシミがぽつりとあると、そのシミが何とよく目立つことか。

紫式部もきっと、この部分を書く時は、とても気持ちがよかったのではないかと思います。彼女は物語の中で、世の女性達になりかわって「全てを手に入れた男」に対して復讐してくれているのであり、そんな紫式部に対して、私も一言、お礼を言いたいような気分になるのでした。

# 専業主婦になりたい

『源氏物語』のたくさんの登場人物の中で、自分好みの人を見つけるのは楽しいものですが、男性読者に最も人気があるのは、実は花散里《はなちるさと》なのだそうです。

花散里とは、光源氏の父である桐壺帝の女御《にょうご》であった、麗景殿《れいけいでん》の妹。「花散里」の帖を読むと、源氏が二十代の頃、ごくたまに訪ねていく間柄であったことがわかります。

花散里の印象は、一言で言うならば「地味」。紫の上のように、源氏からの寵愛をたっぷり受けたわけでもなければ、六条御息所のように嫉妬に狂ったわけでもない。末摘花《すえつむはな》のようにものすごく個性的な容姿でもなければ、明石の君のように源氏の子供を産んだわけでもないのです。

ではなぜ、そのような花散里が男性に人気なのかといえば、やはり「地味だから」ということになりましょう。おとなしくて穏やかで面倒見がいい、そんな花散里に、世の男性達はホッとするようなのです。

「花散里」の帖で源氏は、「たまには花散里のところに行ってみるか」と出てみたはいいけれど、途中で昔馴染《なじ》みの女性の家があることに気が付いて、そちらに寄ろうとしてしまうのでした。その女性は、源氏が長い間通ってこなかったことを恨んで源氏をはねつけたので、彼は結局、花散里の家へと向かいます。が、もしその女性が源氏を受け入れていたら、花散里の家には行かなかったことになる。

花散里とは、源氏からその程度の扱いをされていたわけで、すなわち「舐《な》められていた」女性だといってもいいでしょう。しかし彼女は、だからといって騒いだり、別れを切り出したり、嫉妬したりはしないのです。どれほど夜離《よが》れが続いても、静かに源氏を待ち続ける。たまに源氏がやってきたら、恨むこともせず、優しく迎える。

様々な女性とすったもんだしたり、政争に巻き込まれたりと、自分で選んだ道とはいえストレスフルな日々を送る源氏にとって、そんな花散里は心和《なご》む相手であったに違いありません。どんなにぞんざいな扱いをしても、いつでも受け入れてくれる彼女は、源氏にとってお母さんのような安心感をもたらす存在だったのです。

源氏が明石から帰京して、二条院《にじょういん》の東の院を改築した折には、源氏はその西の対《たい》に花散里を住まわせています。その後、六条院が完成した時も、一画に花散里は移り住んだ。そうしょっちゅうは会わないものの、イザという時には大切に扱うというのは、まさに母親に対する息子の態度に通じるものがあるでしょう。

花散里は子を産んでいませんが、源氏は確かに、母としての適性を彼女の上に見ていたようです。「少女《おとめ》」の帖において、雲居雁《くもいのかり》との恋愛ですったもんだしていた息子・夕霧を、源氏は花散里に預けます。実の母である葵の上がすでに死去している夕霧にとって、花散里は母親代わりとなったのです。

また、故・夕顔の娘である玉鬘が、美しく成長した後に九州から京へとやってきて、京の貴族達からモテモテになった時も、源氏は花散里にその世話を託します。源氏も玉鬘に執心していたわけですが、花散里であれば、若くてピチピチでモテモテの玉鬘ともうまくやってくれるだろう、と源氏は思ったのです。

源氏は、明石の君に産ませた子供は、紫の上に預けています。将来、帝に入内させるためには、自分の手元に引き取って養育した方がよい、との判断があったからであり、自分と紫の上とで、お后教育のようなものを、明石の姫君に施したのです。

対して、花散里に預けたのは、幼馴染みの雲居雁と乳繰り合って、彼女の父である内大臣（源氏の親友。かつての頭中将）を激怒させてしまった、夕霧。そして、忽然《こつぜん》と京に現れて話題をさらい、源氏も目をつけている、玉鬘。……と、面倒な事情を抱えた、訳ありの二人を押しつけた感もあります。源氏は、「とはいえ、花散里ならうまくやってくれるだろう」と思っているのです。

良く言えば「信頼されている」、悪く言えば「便利に使われている」、花散里。では、便利に使われた見返りとして源氏が情けをかけるのかといえば、そうではないのです。花散里とは付き合いが長いこともあってか、途中からはすっかりセックスレスになっていた様子。「初音《はつね》」には、元日の夕方に、六条院に住むそれぞれの女性を訪ねる源氏の様子が描かれていますが、花散里のところにやってきた時、

「今は、あながちに近やかなる御ありさまも、もてなしきこえたまはざりけり」

と、つまり端的に言うならば「最近は男女の仲も無い」としてあるのです。花散里の髪が薄くなった様子を見て源氏は、「かもじを入れて、手入れをなさればよいのに。私以外の者が見たら嫌気がさす姿かもしれないが……、しかしそんな花散里をちゃんとお世話しているのは、嬉しく満足のいくことだ」と思っている。つまり、「こんなパッとしない外見の方でも世話している俺」に、源氏は自己満足しているきらいがあります。

花散里は、特に美しい外見ではなかったようです。花散里に世話をされることになった夕霧も、何かの拍子に彼女の顔を見て、

「容貌《かたち》のまほならずもおはしけるかな」

と、つまり「容貌はあまりおきれいではなくていらっしゃる」と思っており、さらに「こんな人のことも、父上はお捨てにならなかったとは……」と感心している。

父も父なら息子も息子なのですが、しかし夕霧は、「雲居雁のお顔を忘れられずに思っているのも、つまらないことだ。花散里さんのように素直な性質の人がいたら、付き合いたいものだなぁ」と、思うのでした。ちょっと可愛い雲居雁と付き合って大変な目にあっているからこそ、絶対的に優しい花散里の性質を、称賛したくなるのでしょう。

しかし夕霧は、そんなことを思った後でさらに、「父上は、花散里さんのこの容貌とこの性質を両方ご承知だからこそ、几帳などを隔てて、直接顔を見ないようにしていらっしゃるのだなぁ。もっともなことだ」などと思っている。美女を見慣れた父と息子であるからこその、ミもフタもない感覚です。

花散里に母性を見ていた、源氏。しかし源氏の実の母である桐壺更衣《きりつぼのこうい》は、美しい人でした。彼女は源氏が三歳の時に亡くなってしまいましたが、父である桐壺帝が後に迎えた、桐壺更衣と瓜二つという藤壺《ふじつぼの》の美しさに、母としてそして異性として、源氏は惹かれることになる。

幼い頃から引き取って育てた紫の上にも、源氏は藤壺の面影を見ていました。源氏の最愛の人である紫の上は、源氏にとって母親イメージを引き継ぐ人だったのです。対して花散里は、美しい人ではありませんでした。理想の母親イメージの容姿の部分は紫の上に見て、母としての性質の部分は花散里に担ってもらったのでは、という気がするのです。

世の男性は、おそらく外見の良い女性に惹かれる気持ちと、性質の良い女性に惹かれる気持ちとの間を、このようにいったりきたりしているのだと思います。外見が良いだけの人とばかり付き合っていると、時に花散里のような人が魅力的に思えるけれど、花散里のような人とだけ毎日顔を合わせていると、紫の上とか玉鬘のような人とデートがしたくなる。「家事も育児も嫌がらずにこなす花散里が家では待っていて、外では他の色っぽい女と会っても、花散里は嫉妬しない」というのが、男性の理想のパターンなのかもしれません。

「蛍《ほたる》」には、花散里の家がある一画でイベントが行われた後、久しぶりに花散里のところに泊まる源氏の姿が描かれています。二人でおしゃべりを楽しんだ後に床につくことになるわけですが、この時も花散里は、帳台すなわちベッドは源氏に譲り、自分は下に床を用意し、さらには二人の間に几帳も立てて、眠りにつくのでした。セックスレス生活が続いた結果、「今さらもう、共に寝るなどということはないでしょう」と、花散里は理解しているのです。

この時、源氏は、きっと少しホッとしたのではないかと思うのです。「泊まるとなると……、一応しなくてはならないかなぁ、やっぱり」と思っていたところ、花散里は自分から床を離してくれた。これぞ、男性にとって都合の良い、否、男心をよくわかった賢婦人ではありませんか。

花散里という人は、つまり理想の専業主婦タイプなのでした。野分が吹いた翌朝、源氏が六条院の女性達それぞれを見舞った時も、他の女性達とは違い、花散里は女房達と一緒に、せっせと縫い物などしているのです。少しばかりブスだからといって、こんなに働き者の女性にとって、それがどれほどの欠点となりましょうか。

そして私は、紫式部も、花散里のような人生に憧れる心を持っていたのではないかと思うのでした。以前にも書いた通り、紫式部は「頭がいいと思われたい」という強い願望を持っていたように思われます。が、それと同時に、自身の頭の良さを、持て余す時もあった気がするのです。頭がいいからこそわかってしまうこと、見えてしまうことが多すぎて、「もっと鈍感になることができたら」と思う瞬間が、彼女にはしばしばあったのではないか。

夫の死去によって、はからずも宮仕えをする身となった、紫式部。そこで彼女の才能は花開き、源氏物語という名作が生まれました。しかし彼女は、華やかでありつつストレスも多い女房生活を送りながら、「もし夫が死なずにいれば、私は平凡な主婦としての生活を送っていただろう。それは、退屈であったかもしれないけれど、今より幸せだったのではないか」と、思ったような気がするのです。

『紫式部日記』には、中宮・彰子の参内に紫式部達女房がついていった夜のことが、書かれています。女房達の局《つぼね》に男性貴族達が訪ねてきた後、

「また明日早く、参ります」

などと家路を急ぐ姿を見て、紫式部は「あの人達に、どれほどの奥さんがいるのだというのか」と思うのでした。

それは、専業主婦に対する、ちょっとした敵視であり、蔑視の視線なのです。が、紫式部の心の中には、「夫に先立たれなかったら、私も今頃、こんなに大変な仕事に心身をすりへらさず、夫の帰りを家で待つ側であったのに」という思いがあったのではないか。つまり、専業主婦に対する羨望も、彼女は持っていた気がするのです。

源氏物語における花散里の姿というのは、専業主婦に対する紫式部の羨望の視線を凝固させたものなのではないかと、私は思うのでした。しかし、そこにあるのは羨望

だけではありません。鈍感になりたくてもなれなかった彼女は、花散里のような人に対して軽くイラつくような気持ちも持っていたに違いなく、それが花散里をブスとして描いた理由のような気がするのです。

花散里の最期は、源氏物語には記してありません。しかし彼女はきっと、源氏亡き後も、夕霧や玉鬘から大切にされながら、長生きしたことでしょう。何に関しても、「足る」を知っていたからこそ、幸せに生きることができた、花散里。彼女が、セックスレスなどという言葉を知らなくて、本当によかったと思わずにいられません。

# 都会に住みたい

地方分権が叫ばれる、今。東京への一極集中度合いを少しゆるめ、それぞれの地方にもっと活力を……ということは、私もあちこちを旅する度に感じます。

しかし、平安時代。あの時代は、現在の東京への一極集中などちゃんちゃらおかしいというほどに、京都という都の存在感は際立っていたようです。

現在であれば、東京は確かに大都市だけれど、大阪もあれば名古屋もあれば、福岡も札幌もある。それぞれの地方に、都市は存在しているのです。

平安時代はと見てみると、都市というのは平安京だけ。京都以外は全て田舎すなわち「夷《えびす》」、という状態だった。

当然、都での生活と、田舎での生活には、大きな差がありました。インターネットもテレビも無い時代、都には富も情報も集中していました。都が放つ光の眩しさは、今とは比べものにならないほどだったのではないかと思われる。

そんな都に生まれ育った人がどうなるかというと、当然のように田舎のことを下に見るようになるわけです。たとえば清少納言も、『枕草子』に田舎者に対する無邪気な悪口を色々と書いていますし、時代は下りますが『徒然草』における吉田兼好の田舎者非難もまた、とてものびのびとしたもの。当時は、「人間は皆平等」という思想も敷衍《ふえん》されていませんでしたので、都会に住む貴族は、身分が低い人々や田舎の人々を馬鹿にすることを、悪いこととは思っていなかったのです。

『源氏物語』もまた、ひたすら中央を礼賛する物語であると言えましょう。「夷」に対するはっきりとした悪口が記してあるわけではありませんが、その物語を見ていると、中央が上で地方は下という意識が、ありありと理解できるのです。

日本の中心である平安京の、さらに中心はどこかといえば、それは帝のいる場所、というより帝その人ということになります。ワシントンD.C.とかブラジリアとか、首都機能をその国の最大都市の外に存在させるのは、帝という中央が存在しないからできることなのではないかと私は思うわけで、近代日本においては律儀に帝にお引っ越ししていただいて、都を東京に移している。

源氏物語の主人公である光源氏は、帝の息子として生まれながら、母親の身分が低かったこと、既に第一皇子がいたことなどから臣下の身分となり、源《みなもと》姓を名乗るようになるのです。

本当であれば、将来は中心であり頂点となる可能性を持って生まれた源氏が、中心から一歩だけ、外れる。ここから、全ての物語は始まります。いわば源氏物語とは「次男の物語」であるわけですが、この物語に出てくる男女の関係がドラマティックなのは、全ての登場人物が持つ〝中心との距離〟に、それぞれ違いがあるため。中心のすぐ近くにいる源氏の近辺に、中心から離れた距離にいる女性が登場すると、そこにドラマが生まれるのです。

源氏物語に大きな動きが見られるのは、ですから「田舎」が登場してくる時なのでした。中心から遠く離れた場所、もしくはそこからやってきた人によって、中心近くにいる人々は攪乱《かくらん》される。

たとえば源氏の、須磨《すま》・明石《あかし》での日々。これは、自主的な流刑といった意味合いを持っています。今を生きる私達からすると、流刑というのはどうもピンとこない刑罰です。旅行みたいなものなのではないの？　と。

しかし当時の都の住人にとっては、地方に行かされることが即刑罰になるほど、都に住むことの価値は大きかったのでしょう。都に刑務所的な施設をつくったならば、罪人は流刑にされるよりも、そちらに入ることを望んだのではないか。

須磨・明石において、物語は大きく動きます。源氏は、禁欲状態の中で鄙《ひな》には稀な美女・明石の君と出会い、夢中になります。本来であれば中心から至近距離にいる源氏と、中心から遠く離れたところにいる明石の君だからこそ、その二人の出会いは刺激的なのです。

はたまた、宇治十帖《うじじゅうじょう》。これは源氏の死後、桐壺《きりつぼ》帝の第八皇子である八の宮《はちのみや》が二人の娘とともに住む、宇治でのお話。

八の宮は、源氏の異母弟ということで、血筋は良いのです。が、政争に巻き込まれた後に忘れられた存在になっており、妻には先立たれ、都にあった御殿も焼失。宇治に持っていた山荘に住んでいるのは、都落ちの結果です。

宇治というと、京都駅のちょっと向こうという感覚が私達にはありますが、当時の宇治は、もっと郊外感が強かったのでしょう。山荘は、「耳かしかましき川のわたり」、すなわち急流の音が耳につくような川のほとり。「いとど山重なれる御住処《すみか》に、尋ね参る人なし」ということで都からの訪問客もなく、「あやしき下衆《げす》など、田舎びたる山がつどものみ」が、たまに参上して御用を勤めるという状態。山荘も荒れ果てていたようです。

しかし、というか、だからこそ、というか。八の宮の二人の姫に、薫《かおる》（源氏と女三の宮の子、ということになっているが実は柏木《かしわぎ》と女三の宮の子）と匂宮《におうみや》（今上帝《きんじょうてい》と明石中宮《あかしのちゅうぐう》の子）は「こんなところにこんな美しい姫が」と、思いを寄せるのでした。彼等が二人の姫にグッとくるようになった理由のかなりの部分を、「山河越えてやっとたどり着く場所に、美しい姉妹が！」という、宝物発見的な気持ちが占めていたのではないかと思うのです。

八の宮が亡くなり、やがて姉妹の姉である大君《おおいきみ》も亡くなったあと、宇治の物語には、浮舟《うきふね》という新たな女性が登場します。彼女は、八の宮が姉妹の母である妻の死後、召使に産ませた娘。浮舟の母はその後、受領《ずりょう》（地方官）を務める男と子づれで結婚しました。浮舟の継父は、陸奥《むつ》の守《かみ》や常陸《ひたち》の介《すけ》を務めていたので、浮舟は陸奥や常陸といった東国で育ったことになります。

東国で育った娘に対して、都のエリート貴族は、帰国子女的な格好良さなど、微塵《みじん》も感じないようです。逢坂《おうさか》より東は「夷」なのですから、常陸や陸奥といったら、どれほどのド田舎だと思っていることか。

しかし、薫がその姿をチラとのぞいたところ、浮舟は美しかったのです。その上、死んでしまった大君に生き写し。「常陸の介風情の娘とは、とても思えないなぁ！」と、薫はここでもギャップにグッときてしまうのでした。

ああ都会のお坊ちゃま、御《ぎょ》しやすし。今も、お育ちの良いお坊ちゃまに限って、わざわざ転勤先で情の厚い水商売の女性に本気で惚れてみたりと、親が絶対に反対しそうな恋をすることがありますよね。

浮舟の継父に関しては、「血筋はそう悪い人でもないのだが、それらしく風流なことを好む割には、粗野で田舎じみたところがある。若い頃から、あのような東国の、辺鄙《へんぴ》な地に埋もれて長年過ごしたせいか、言葉も聞き取りにくくやや訛《なま》っていて、身分が高く勢いのある家のことを、ひどく面倒なものと思ってビクビクしている」と、紫式部は書いています。この手の意地悪な記述の冴えを見ても、紫式部の田舎嫌いは、よくわかるのです。

紫式部が、田舎嫌いである理由。それは、自らも受領階級の娘であるからなのでした。受領というのは、貴族の中では中流、しかし豊かな地に赴任すればお金は稼ぐことができる、という職。紫式部も結婚前、父の任地である越前に住んでいるのです。

雪深い北陸の地、越前。降りつむ雪を眺めつつ、「都でもこんな日は雪が降っているのだろうか」と思う歌や、雪かきをしてできた雪山を見つつ、「こんな雪山でなく、故郷の都へ帰るという、あの〝かへるの山〟(という山が、越前にあった)ならば、行ってもみたいけれど」とうんざりした調子の歌を、彼女は詠んでいます。彼女が越前において恋しく思っていたのは、どうしたって中心、都のこと。

紫式部も清少納言も、受領の娘。中心から遠く離れた地から都を見た経験と、上を見ればキリがないという中流身分とが、彼女達の表現欲求と知性とを刺激したのではないかという気がします。

源氏物語において、田舎から突如登場する美女はもう一人いて、それは夕顔の娘である、玉鬘《たまかずら》。彼女は、夕顔が失踪《しっそう》（実は死去）した後、乳母《めのと》の夫の赴任地である筑紫で成長したのです。筑紫にて、田舎の有力者に激しく求婚される、玉鬘。筑紫男児の田舎者っぷりを、紫式部はこれまたきっちり書き込みます。

求婚を逃れて玉鬘は都にやってきて、やがて源氏と出会い、源氏も含め都の貴族達にモテモテに……というのは、以前も書いた通り。このモテっぷりもやはり、「田舎からある日突然やってきた謎の美女」というバックグラウンドが、都会の男にエキゾティシズムを感じさせたからなのでしょう。

物語にはその頃、もう一人の「田舎から突然現れた娘」が登場します。その名は近江《おうみ》の君《きみ》というのですが、源氏の親友、内大臣《うちのおとど》（元・頭中将《とうのちゅうじょう》）のご落胤《らくいん》ということで、ある日都にやってきたのです。

玉鬘と父親が同じ異母姉妹ですから、これまた魅力的な女性かと思いきや……、近江の君はどこから見ても田舎者でした。お育ちの良い娘であれば決して口にしないような言葉をちりばめつつ、早口でぺらぺらとまくしたてる。近江で生まれた彼女は、「いと鄙び、あやしき下人《しもびと》のなかに生ひ出《お》でたまへれば、もの言ふさまも知らず」と、つまり「ド田舎の、下々の者の中で育ったので、言葉遣いも知らない」と書かれています。彼女は、モテモテの玉鬘のことを羨んだり、よかれと思って下働きの召使がするようなことにまで手を出したり、歌を詠めばとんちんかんだったりして、周囲から笑い物にされるだけでなく、実の親である内大臣にまで馬鹿にされる始末。

玉鬘と近江の君は、田舎出の人間として、両極の姿で描かれています。しかし、紫式部が持っていた〝田舎の人イメージ〟というのは、近江の君の方が、近かったのでしょう。玉鬘のような人はうんと珍しかったからこそ、彼女は源氏物語中盤のヒロインとなることができた。

明石の君、玉鬘、宇治の姉妹、浮舟。源氏物語には、このように田舎出の美女、もしくは田舎住まいの美女が、印象的に登場します。彼女達は田舎経験を持つが故に貴族のお嬢様としては二流であり、「田舎に住まなくてはならない」という悲運が、彼女達に数奇な運命をもたらすのです。

紫式部は、越前に暮らして初めて、自らの都会に対する愛を、実感したことでしょう。越前において田舎暮らしの悲哀を経験し、「ここは私の居場所ではない」と日々遠い都を思っていたからこそ、田舎系のお嬢様達の物語を書くことができたのです。

越前生活の後、都に戻って結婚し、夫と死別した後に、中宮・彰子《しょうし》に出仕することになった、紫式部。いわば、最も中心に近いところに住むことになったわけですが、では彼女がその時に、「ここが私の居場所なのだ」と思ったかというと、それも違うように思うのです。高い身分出身の女房達の中で、受領を父に持ち、田舎帰りでもある彼女は、コンプレックスと居心地の悪さを味わっていた。彼女は近江の君のような人を心底馬鹿にしながらも、その心理の一端を理解していたのではないでしょうか。

中心を希求しながらも、中心に近付きすぎると、その眩しさが、またつらい。しかしそれでも、都の貴族として生まれてしまった限り、彼等は宿命として、光を求めて中心へと行ってしまうのです。紫式部もその一人なのであり、とはいえ中心に近付き切ることができるわけでもなく、頼りなく右へ左へと揺れる彼女は、心理的な「浮舟」であったのかもしれません。

# 待っていてほしい

『源氏物語』を何度か読むうちに、次第に気になるようになってきた男性がいます。この物語では、多彩な女性登場人物がいるのに対して、源氏以外の男性はどうもパッとしないわけですが、そんな中で私に訴えかけてくるようになった人、それが朱雀帝《すざく》。男性登場人物達の中でも特に弱気な人として描かれている朱雀帝なのですが、段々と、「何だかこの人って、すごく良い人なのではないの？」と、思えてくるのです。

　朱雀帝（後の朱雀院）とはどんな人物なのかと申しますと、源氏から見ると異母兄、ということになります。源氏は、父・桐壺帝（当時）と、母・桐壺更衣《きりつぼのこうい》との間に生まれているわけですが、桐壺帝と、弘徽殿女御《こきでんのにょうご》の間に生まれたのが、朱雀帝。朱雀帝が第一皇子である上に、母である弘徽殿女御の方が桐壺更衣よりも身分が高いということで、兄が東宮《とうぐう》となり、源氏はやがて臣下の身分に。

　朱雀帝の母である弘徽殿女御は、非常にキツい性格の女性です。夫が桐壺更衣ばかり寵愛《ちょうあい》するのが気に食わないからと、桐壺更衣が通る道に汚物を撒いたりしていびり倒し、桐壺更衣はほとんどそのイジメによる心痛で、世を去るのです。

そんな気の強い母のもとに生まれた息子がどうなるかというと、非常にありがちなことですが、気弱で優しいお坊ちゃまとなるのでした。源氏は、器量も良ければ頭も良いということで、全てにおいて華やかであるのに対して、朱雀帝は長男なのに地味。光り輝く異母弟の陰に隠れるような存在なのです。

まずは東宮時代、左大臣の娘である葵《あおい》の上《うえ》を妃に、と申し入れたものの「源氏と結婚させたい」と思った左大臣に、断られてしまう。結果、葵の上は源氏と結婚しています。

「俺、長男だよ？　未来の帝だよ？　なんで弟の方がいいわけ？」

と、常人であったらスネるところでしょう。しかし朱雀帝は、そんなことをされても、弟を憎みません。「しょうがないよね」くらいの感覚でいたものと思われる。

朱雀帝の母である弘徽殿女御は、そんな息子を見て、歯痒く思っていたに違いありません。憎き桐壺更衣の息子である源氏は、誰にでも好かれてどうしたって目立つ存在であるのに対して、自分の息子は源氏にライバル心を持つこともなく、ボーッとしている。弘徽殿女御は、密かに「源氏憎し」の心を煮えたぎらせています。

若くてイケイケの源氏はやがて、そんな弘徽殿女御の思惑にまんまとはまるようなことをしでかしてしまいます。弘徽殿女御の妹である朧月夜《おぼろづきよ》に、つい手を出してしまうのです。

時に源氏、二十歳。宮中で桜の宴が開催された折、源氏は他の人がかすんでしまうほど見事な舞や詩を披露しました。それを見て誰もが惚れ惚れとする中で、ただ一人面白からぬ気分を持つ、弘徽殿女御。

その夜、ほろ酔い気分で宮中をそぞろ歩いた源氏は、「藤壺《ふじつぼ》のところに行けるかも」と忍んでいこうとするのですが（この時、源氏は既に義母である藤壺と密通している）、戸が閉じられているので諦めて、向かいの弘徽殿の建物の方へ行くと、若い女が歌をうち誦《ず》んずる声が。源氏はふらふらと引き寄せられ、ついその女と事に至ってしまうわけです。

この若い女こそが、朧月夜。その場所が弘徽殿ということで、彼女が弘徽殿女御の妹達のうちの誰かであろうことは、源氏もわかっていたはずなのに、彼はだからこそ余計に悪いことをしたくなってしまう性質なのです。

なぜ、源氏は弘徽殿女御の妹に手を出してはいけないのかと申しますと、「憎い源氏に妹が手を出されたなどと知ったら、弘徽殿女御が怒るから」という理由だけではないのでした。弘徽殿女御や朧月夜達の父親は、時の右大臣。右大臣は、左大臣と勢力争いをしているわけですが、源氏の妻である葵の上は左大臣の娘であるわけで、つまり右大臣にとって源氏は、ライバル側の人間。

その上、朧月夜は東宮（後の朱雀帝）の妃になる予定でした。東宮にとって朧月夜は、自分の母親の妹、すなわち叔母さんであるわけですが、この時代、叔母と甥の結婚やいとこ同士の結婚は異常なことではなく、源氏物語にもその手の夫婦はたくさん出てきます。

貴族にとって娘は重要なコマであり、娘が東宮と結婚するということは、右大臣にしたら自分の娘が将来は中宮となり、自分の孫が将来は帝になる可能性があるということ。右大臣は、既に東宮が自分の孫であるわけですから、その東宮と朧月夜が結婚したら、外戚《がいせき》としての地位はさらに磐石《ばんじやく》なものとなるのです。

しかし、源氏と朧月夜にとって、右大臣と左大臣のライバル関係とか政治的な思惑など、どうでもいいことでした。宴の後でいい気分になっている源氏は、

「私のことは誰も咎《とが》めだてできませんから、誰かを呼んでも全く困りませんよ」

と自信満々に迫ります。朧月夜も好奇心は旺盛《おうせい》な方なのでしょう、源氏だということを悟って、つい許してしまうのです。

二人の恋は、盛り上がりました。そのさなかに、朧月夜は尚侍《ないしのかみ》、すなわち朱雀帝の妃のような立場に。しかしその後も源氏との関係は終わらず、むしろますます盛り上がります。

二人の関係は、朱雀帝も知っていました。それだけ、世間の噂にもなっていたのです。しかし朱雀帝は、源氏が挨拶に来ても、「源氏と朧月夜のことは、最近始まった関係ならともかく、前から続いていることなのだから」と大目に見て、イヤミも苦言も呈さないのです。

「俺の方があとからだったしなぁ」と、自分の妻の間男《まおとこ》を目の前にして、何も言わない帝。何て寛容、というか少し鈍いのではないかという気すらしてきます。

やがて源氏と朧月夜は、盛り上がりすぎたあまり、密会現場を右大臣に発見されてしまうのでした。当然、右大臣も弘徽殿女御も激怒。このことが、源氏が須磨へ下る原因となります。

噂が流れるだけならともかく、密会現場が押さえられたとあれば、さすがの朱雀帝も黙ってはいないのではないか……と思うのですが、しかし彼はまた、朧月夜を許すのでした。源氏が須磨へと行った後、再び朧月夜の参内を認めるのです。

帝だというのに、弟とはいえ臣下の男に妃を寝取られ、コキュとなったことが世間に知れてしまった朱雀帝。朧月夜を許していいのか、帝としての面子《メンツ》はどうなのだ、と言いたくなるのですが、実際に朧月夜に会ってしまえば、恨みは募るけれども、それだけにまた愛着も激しくなる。

朱雀帝に愛されながらも、朧月夜はまだ源氏を思っています。そんな気持ちに、朱雀帝も気付いたのでしょう、

「あの人がいないのは、寂しいことです。私以上に寂しく思う人が多いことでしょうね」

などと言ってしまう。さらには、

「世の中なんて、つまらないものです。長く生きていようなどとは、さらさら思わない。もし私が死んだら、あなたはどう思うでしょう。ほど近い別れ（＝須磨にいる源氏との別れ）ほどにも悲しんでくださらないであろうことが、くやしいな……」

と、恨み言。

イヤミを言うくらいなら許すな、しっかりしろ、とも言いたくなるのですが、しかし私は次第に、このような朱雀帝の態度を「立派だ」と思うようになってきたのです。

それはおそらく、私が大人になってきたからなのでしょう。若い頃は、朱雀帝的な人を見ると、「いい人なんだけどねぇ、単なるいい人でしかないのよ」などと言って

馬鹿にしていました。しかし大人になってから朱雀帝的な人を見ると、「『単なるいい人』をずっとやっていられる人って、立派だ」と思えてきたのです。

朱雀帝は、本当に朧月夜が好きでした。だからこそ、源氏との噂が耳に入っても我慢したし、決定的な現場が押さえられてしまっても、朧月夜が戻ってくるのを待っていた。

朧月夜は、朱雀帝のところに戻った当初は、源氏のことばかり考えていたものと思われます。しかししばらく時が過ぎると、「帝としての面子」などというものを捨てて自分のことを待っていてくれた朱雀帝のことが、心から有り難く思えたのではないか。朧月夜は、朱雀帝に対して「恋」こそしなかったかもしれないけれど、次第に「情」を覚えていったのでしょう、その後二人は仲良く暮らしていくのです。

朱雀帝の気の好さが理解できるエピソードは、他にもあります。朱雀帝は、朧月夜が尚侍になる前、六条御息所《ろくじょうのみやすどころ》の娘にも思いを寄せていました。しかし彼女は斎宮《さいぐう》として伊勢に下向しなくてはなりませんし、斎宮というのは未婚の女性でなくてはなりませんから、その恋を成就させることはできない。伊勢へ行く前、彼女に別れの櫛《くし》をさしてあげながら、朱雀帝は涙を浮かべるのです。

斎宮が都へ戻ってくるのは、それから六年後。その時も、朱雀院は、やっぱり彼女を待っていて、自分の妃になるようにと、すすめるのです。

しかしそこにもまた、源氏が立ちはだかります。源氏も前斎宮に思いを寄せていて、関係こそ持たないものの、自分の養女として冷泉帝《れいぜい》（源氏の父・桐壺院の子とされているが、実は源氏の子）に入内《じゅだい》させるのです。こうして源氏は、冷泉帝の外戚としての権力を得ることとなるのでした。

朱雀院は、そんな風にして前斎宮をかすめとられても、やっぱり「いい人」なのです。くやしいとは思いながらも、豪華な入内のお祝いの支度を、前斎宮にプレゼントするのでした。

弱気、だけれども優しくて、いつまでも女性を思い続ける、朱雀院。若いうちは、ちょっと気持ち悪く思えたタイプの人ですが、実はこの手の男性の存在は、全ての女性にとって必要なのではないかと私は思います。たとえ失敗をしてしまっても許してくれる男性、どこかに行っても待っていてくれる男性というのは、女性にとって最後の拠り所となるのではないか。

紫式部の夫は、結婚してすぐに亡くなってしまいました。つまり彼女を、待っていてはくれなかった。道長とのラブ・アフェアもあったようですが、彼女は道長を「待つ」側でした。

道長との関係だけでなく、平安の女性達は、常に男性を待っていたわけです。待つ不安を抱えていた女性達にとって、自分を待っていてくれる男性の存在は、どれほど有り難かったことか。葵の上も、「源氏ではなく、朱雀帝と結婚していた方が幸せだったかも……」と、思っていたかもしれません。

私も年をとって、朱雀院の魅力がわかるようになりました。彼は死を前にして、自分の娘である女三の宮の後見を源氏に頼んだりして、源氏の周囲に嵐をもたらすきっかけを作ります。私が紫《むらさき》の上《うえ》だったら、

「少しは空気を読んでください。お願いだから余計なことをしないで～」

と言いたくなるような人でもあるわけですが、それも娘を思ってのこと。ちょっと情けない、けれどどこまでも優しい朱雀院を、紫式部はけっこういとおしく思っているような気がしてなりません。

## 乱暴に迫られたい

私は、性犯罪をとことん憎む者であります。望まぬ性関係を、それも突然強要される苦痛は想像を絶するものであり、性犯罪を犯した人は死刑でもいいと思う。

昔風の考えを持つ男性の中には、「でも女は、本当は犯されたい願望を持っているんでしょ？」などと信じている人もいます。その手の話を聞くと「あー」と呆然とする私。そして、「わかってない……」と思うのでした。

男性から強く求められることを、確かに女性は好みます。ちょっと乱暴なくらいに「私はあなたを欲している」というアピールをされることに、興奮もする。

しかしその興奮を覚えるのは、自分も相手のことを密かに好もしく思っている時、もしくはまだ好意を自覚していなくても、将来的に好意を持つ可能性があることを無意識に理解している時に限られるのです。嫌いな男にどれほど乱暴に迫られても、かえって嫌悪感は増すばかり。

『源氏物語』はほとんどレイプ文学だ、というお話があるものです。確かに源氏は、目をつけた女性の寝所に突然押し入り、事に至ってしまうことがしばしばある。「これって……、つまりはレイプだよねぇ」と、読んでいる方としては思うもの。

たとえば、これまで何度も記してきました「雨夜《あまよ》の品定め」。そこで出た「中流の女って、いいよね」という話に、源氏はすぐに影響されてしまいます。その後、方違《かたたが》えをするために泊まった紀伊《き》の守《かみ》の家において、紀伊の守の父の若い後妻・空蟬《うつせみ》を、「こういう人が中流の女なのだなー」と、つい犯してしまうのでした。

他人の家に泊まりにきて、その家の奥さんの寝所に忍び込んで、犯す。……って、相当にひどい話ではありませんか。今だったら、ほとんどAVの世界でしかありえないようなストーリーです。

源氏は、「中流の女ってどんなものか」という出来心で空蟬のところに忍んできたというのに、

「出来心ではありません。長年、あなたをお慕い申しておりました」

などと、レイプを正当化するための詭弁《きべん》を弄《ろう》します。さらには、

「決して好色めいた振る舞いはいたしませんから。私の気持ちを、お伝えするだけです」

とも言う。

「何にもしないから……ね？」

と女をラブホテルに連れ込む人のような言い訳ではありませんか。

このようなひどいことができてしまう理由の一つとして、身分というものがありましょう。身分が高ければ何をしてもいいというわけではなかったけれど、空蟬の寝所の異変に気付いてやってきた女房も、そこにいるのが源氏だとわかると、「相手が普通の身分の人であれば、手荒く引き離すこともできるけれど……」と手出しはできず、空蟬と源氏は、一夜を明かすこととなるのです。

犯してしまった後で、空蟬のことが忘れられなくなった、源氏。しかし空蟬は、源氏を避けます。源氏はどうしても思いを捨てきることができず、今度は紀伊の守がいない時に邸《やしき》に忍び込み、空蟬と、紀伊の守の妹である軒端荻《のきばのおぎ》が碁を打っているところを覗《のぞ》き見した後、空蟬だと思って迫った女が実は軒端荻で、「ま、しょうがないか」とこれまた犯してしまうのでした。

軒端荻はあっけらかんとした性格だったからまだよかったものの、これなどは方違えで泊まりに来ている時にしたことではなく、こっそり忍び込んでしたこと。住居侵入、覗き、強姦と、ものすごい罪状が羅列できる行為です。

しかし源氏は、しれっとしています。

「今まで方違えと称してたびたびお邪魔していたのは、あなたを思ってのことだったのですよ」

と軒端荻に嘘をつきつつ、彼女がうろたえる様を見て、心の中では「男に同情を催させるようなたしなみ深いところは無い女だなぁ」などと思っているのですから、犯され損というものです。

このようなことが簡単にできてしまうのは、なぜか。……と考えてみますと、この時代には強姦と和姦の区別が、はっきりついていなかったからなのだと思うのです。鍵もなければプライバシーもないという当時、女性達はいつ何時《なんどき》、誰かから強姦されてしまうかもしれないという状況の中で、暮らしていました。当然、強姦罪などという罪もありません。知らない人に突然犯されるという事態に対して、「そういうことも、ある」と思う準備は、今よりもできていたと言っていいでしょう。

忍び寄る男性達から貴族女性を守るために、お付きの女房が侍《はべ》っていたわけですが、貴族男性は、まずは自分の従者を相手女性の女房と交際させ、その女房に手引きを頼んで相手宅に侵入するという根回しまでしていたのです。

空蟬のケースにおいては、根回し役は空蟬の弟である、小君《こぎみ》。まだ子供の小君を、ほとんど児童同性愛チックに可愛がりつつ、姉への手引きを源氏は頼むのでした。

しかし手引きなどなくても、源氏はレイプに躊躇《ちゆうちょ》がありません。桜の宴が催された夜、藤壺に会いたいと酔い歩いていた源氏が、藤壺の居場所が既に閉ざされていたため、たまたま戸口の開いていた細殿《ほそどの》に忍び込み、朧月夜と事に至ってしまった……ということは以前も書きましたが、この行為も、今風に言えばレイプ以外の何物でもない。朧月夜は、ただ歌を口ずさんでいただけなのに、それを聞き付けた源氏にいきなり、袖をとられて抱き寄せられてしまうのですから。

恐ろしさに震えている朧月夜に対して、自信満々の源氏は、

「私は、何をしても誰からも咎められませんから、人を呼んでも無駄ですよ。じっとしていらっしゃい」

と言うのでした。そして朧月夜は、手ごめにされてしまう、と。

この源氏の自信の背景には源氏の高い地位があるわけですが、さらにもう一つあるのは、「俺ってイケてる」という、自信です。源氏は、自分が格好いいということを、明らかに自覚しています。その日は桜の宴で舞だの詩だのを披露して大絶賛され、「俺って何て人気者なのだろう」とも思っている。

ま、その驕《おご》りこそが、須磨・明石へと下る原因となったのでしょうが、とにかく若

き日の彼は、モテモテである自分が誰かから拒否されるわけがない、と信じているのです。

源氏がこれほどレイプばかりしていても、それが事件にならないのは、この自信のせい、そして実際に源氏が格好よかったせいもあるのです。源氏を実際に見たことはなくとも、源氏がどれほど素敵なモテ男かという評判を、都の女達は知っていました。だからこそ、たとえ源氏に襲われたとしても、わけのわからないブサイク男に襲われるのとは違う反応を示したのです。何も関係無いのに間違って犯されてしまった軒端荻にしても、きっと「源氏さまが、私のことを想っていらしたなんて！」と、少しうきうきした気分すら、味わったのだと思う。

朧月夜も、そうなのです。「じっとしていらっしゃい」と源氏に言われると、震えながらも「あ、源氏さまなのだ」とわかって、少しほっとする。そして、突然の事態に困りながらも「でも、情緒のわからない強情な女だと源氏さまに思われたくないわ」とも思うのでした。

端的に言ってしまえば、この時の彼女の気持ちは、「源氏さまなんだ！　だったら、いいかも」というもの。この時点で、強姦は和姦になったと言うことができるでしょう。

強姦を和姦にしたものは、源氏の評判です。女性は、ダメ男から言い寄られると「私って、この程度の女なんだ……」と非常にがっかりするものですが、反対に素敵な男性から言い寄られれば、「私にはその価値があるってこと?」と気持ちがおおいに弾むもの。

源氏に犯された女達も、その手の気持ちを持っていたからこそ、最終的に拒否をしなかったのだと思うのです。もちろん中には最後まで拒否した女達もいましたが、朧月夜のような人の心の中には「そんなにモテモテで格好いい人とだったら、ちょっと試しに……、いいかも」という好奇心というか心の軽さというか、その手の気持ちがあった。

作者の紫式部も、どこかでその手の気持ちを持っていた人であろうと、私は思います。彼女はおそらく、そうモテる人でもなければ、恋多きタイプでもなかった。だからこそ、ものすごく素敵な男性から、有無を言わせないほど強引に言い寄られることに、憧れたのではないか。最初は拒否をしながらも抗《あらが》いきれず、相手の腕の中に堕《お》ちていく……というシーンを、難しい漢文の本などを読みながらふと、夢想していたのではないかと思うのです。

彼女は藤原道長と一時交際があったという話ですが、それはまさに、夢想が現実となった瞬間でしょう。彼が紫式部に迫ったのは、朧月夜に迫った源氏のように、酔った上でのことだったかもしれません。しかし、たとえ酔った上の出来事であっても、それでも時の第一の権力者が、自分という女をこれほどにも強く欲しているという状態に、紫式部はうっとりしたに違いないのです。

源氏が犯した女性達は、ほとんどにおいて犯された途端に、源氏にメロメロになります。源氏がしたことは、強姦と言うより〝強制和姦〟とでも言うべきものかもしれません。そして、紫式部がこれほど様々な強制和姦を書く裏側で、この時代の女性達がどれほどたくさんの「うぇーっ、こんな男と」という体験をしなくてはならなかったことか。

自分から行動することができず、ただ男性を待っていなくてはならなかった、平安の女性達。「素敵な男性から迫られたい」という欲望は、彼女達の中にうずまいていたことでしょう。今となっては、女性達は自分で自由に行動することができますが、そうこうしているうちに「女性に迫る」という気概を無くした男性も急増中。平成の女性達の欲望は、意外に平安の女性達と似ているのかもしれません。

## 秘密をばらしたい

『源氏物語』には、「二大秘密」とでも言うべきものがあります。もう皆さんおわかりかと思いますが、

① 源氏の父である桐壺帝と、藤壺の間に生まれた子は、実は源氏と藤壺が密通した結果としてできた子である、ということ。

② ①の秘密が発生してから、二十余年後。源氏は、異母兄・朱雀院の娘である女三の宮と結婚。しかし彼女が産んだ子は、源氏の子ではなく、柏木の子である、ということ。

という二つ。

秘密①には、二つの反抗が潜んでいます。まず、父の妻を寝取るという行為は、父に対する息子の反抗ということなのでしょう。男の子は、いつか必ず父と対決しなくてはならない時が来るのだと言いますが、源氏の場合はこのような特殊な形で、父を

乗り越えたのです。

さらに源氏は、天皇の息子という皇族の立場から、臣下にくだって源姓《みなもと》となった身。臣下の者が帝の妻を寝取るという行為は、皇族に対する臣下の反抗と見ることもできるのです。

源氏からしたら、何かに反抗しようという意識など無い上での行為だったとは思います。藤壺が亡き母に似ているということで思いが募り、募った末に事に至ったら子供ができてしまった、ということなのですから。

しかしそこで生まれた子供は、後に冷泉帝となりました。臣下を父に持つ身では決してなることのない天皇に、臣下である源氏の血が流れる子供が、なる。その結果を見れば、源氏がやらかしたことが、いかに重大なことかわかるのです。

冷泉帝は、実は源氏の子。この秘密を知っているのは、わずかな側近の他は、源氏と藤壺の二人だけです。読者はこの秘密を二人と共有しながら、物語を読み進めることになります。秘密を胸に抱いていることによって、源氏は恐ろしいような気持ちを持ちつつも、どこかで父親というもの、そして天皇というものに対して「勝った」という気持ちを持っていたのではないでしょうか。

秘密を抱いたまま、藤壺はやがて亡くなります。「秘密を墓まで持っていく」とは、まさにこのこと。しかし秘密を秘密として守っていくということは、実は大変なことなのでした。天皇の妻として子を産み、「この子は実は、あなたの子ではないのです……。誰の子かって？　それはあなたの息子さんの子！　ああっ、ごめんなさい！」と思いながら、自分が産んだ子を見守った、藤壺。そこには相当なストレスがあったであろうことは想像に難くなく、藤壺が早死にしてしまったのは、そのせいとも思われるのです。

対して源氏は、藤壺ほどにはストレスを感じていなかったのではないでしょうか。成長していく若君は、驚くほど源氏にそっくり。「ひょっとして、あの秘密が父にバレてるのではなかろうか」という不安は抱きつつも、その子が東宮になり、帝になっていくのを源氏は「ふふふ」と見ていたような気もする。

そうこうしていくうちに、須磨・明石における失脚期間もあったものの、源氏は順調に出世していきました。准太上天皇《じゅんだいじょう》という人臣の中では最高の地位を得て、女性にも不自由せず、六条院というハーレム屋敷を造り……という人生絶好調の時に登場するのが、女三の宮です。

紫の上という正妻格の女性もいるし、「今さら」という気はしたけれど、兄である朱雀院に頼まれて、女三の宮を娶《めと》った源氏。血筋の良い妻をもらうということに食指が動いたともいえましょう。

しかし娶ってみたら、女三の宮はまだまだ子供で、面白みの無い女。……であるのだけれど、柏木に寝取られて、源氏は「なぬ！」と怒ります。そして女三の宮は、柏木の子を産むのです。

ここにも、二つの反抗が隠されているのでした。まず一つには、「若さ」というものからの反抗。当時、源氏は四十代後半。自信たっぷりの大人です。そんな源氏をコキュの立場にした柏木は、三十代前半。源氏から見たらうんと若い柏木から、源氏は痛い目にあわされました。

女三の宮は、その時二十代前半。彼女は、あまり頭の回転が速い方ではないけれど、源氏から「結婚したはいいものの、つまらない女だな」と思われているということは、どこかで察知していたと私は思います。特別深い愛情を注がれるわけでもない日々を過ごしていた時に現れた若い柏木と危険な関係になって、「どうしよう……」と思いながらも、彼女の心にはほんのぽっちりと、自分と柏木の若さをもって、大人の源氏に復讐を果たしたような気持ちがあったのではないか。

そしてもう一つは、「友」からの反抗。柏木の父は、若い頃から源氏の親友であった致仕大臣《ちじのおとど》（当時。若い時代より、頭中将、三位中将《さんみのちゆうじよう》、権中納言《ごんちゆうなごん》などと、出世とともに呼び名が変わる。源氏の最初の正妻である葵の上のお兄さん)。致仕大臣は、エリート貴族であるものの、源氏から常に一歩後れをとる存在です。地位においても、モテっぷりにおいても、また歌舞音曲に関しても、「あの人もすばらしいけど……、やっぱり源氏さまが光っている!」と、皆に思われてしまう。

源氏が親友であることは彼にとって誇らしいことでもあるのです。しかし常に源氏の方にばかりスポットライトが当たるという状態に、彼は鬱屈《うっくつ》した思いを募らせていたに違いありません。

そんな致仕大臣の息子である柏木の行為は、別に父から指示されたものではないのです。しかし長年、大臣が源氏に対して抱いてきた嫉妬と羨望が息子に乗り移り、ついに復讐を果たしたような気もするのでした。

……と、これが二大秘密の概要であるわけですが、もっとも秘密によって迷惑をこうむる被害者は、源氏ではありません。秘密①であれば、藤壺が産んだ冷泉帝。秘密②であれば、女三の宮が産んだ、後の薫。この、不義によって生まれてきた子達こそ、秘密による最大の被害者なのです。

この子達が、秘密を知らずに生きていくのであれば、別にいいのです。しかし、この子達に出生の秘密をばらしてしまうのが、紫式部の意地悪なところ、じゃなくてストーリーテラーとして才気あふれるところ。

冷泉帝の場合は、即位して三年ほどたった、まだ十代半ばの頃のこと。母である藤壺が亡くなり、四十九日の法事が終わった頃、昔から藤壺の家に仕えてきた老僧が、「このままでは天の眼が恐ろしい……」と、出生の秘密を帝に告白するのでした。さらには、頻発する天変地異は、この秘密のせいなのだ、とも老僧は言います。

その秘密を聞いて仰天する、冷泉帝。問い質《ただ》そうにも、既に母はいない。また、天皇の父である源氏が、臣下として自分の下にいるというのは、父子の道に外れることでもある……と、帝は父・源氏に譲位しようと考えるのです。源氏はもちろん、これを固辞するのですが、彼は生涯、自分が不義の子であることを悩んだことでしょう。

そして、薫。彼が秘密を知るのは、既に父である源氏亡き後。二十歳すぎの頃です。

宇治十帖が始まる「橋姫《はしひめ》」において、都の貴公子・薫は、宇治にひっそりと住む、八の宮の二人の姫君に出会います。この時、八の宮の邸にて登場したのが、弁《べん》という老女。彼女は実は、柏木の乳母の娘だったのです。

やがて彼女は、薫にその出生の秘密を告白。柏木、すなわち薫の実の父が女三の宮に書いた文を形見として譲られます。

薫はこの話を聞いて、どれほど悩んだことでしょうか。母である女三の宮と会っても、母は今も無邪気な様子。「私が秘密を知っているだなんて、とても言えたものではない……」と薫は思うのでした。

秘密を作る側は、作っている瞬間に、燃えるような興奮を味わうものです。その後でどれほど後悔しようとも、秘密を持っているということで、どこか優位に立ったような気持ちになることができる。

しかし秘密を知らされてしまった側は、その扱いに困るのです。冷泉帝に秘密を明かした老僧も、薫に告白した乳母子《めのとご》弁も、長い間秘密を抱えていて、つらかったことでしょう。彼らは、冷泉帝や薫に、秘密というバトンを渡して、ホッとしたのです。

紫式部もまた、秘密というバトンを他人に渡す時の、「これで自分一人で秘密を抱えずに済む」という、一種の爽快感のようなものを知っていた人だと私は思います。世の中には、藤壺のように墓の中まで秘密を持っていくことができる人がいますが、紫式部はどこかでばらさずにはいられないタイプではなかったか。

彼女が生み出した主人公である源氏もまた、そのタイプであるといえましょう。彼は、秘密①や②こそ口外しませんでしたが（ま、そんなことは危険すぎてできない）、細かな秘密はペラペラ話しています。たとえば、女三の宮が降嫁してきたことで紫の上が面白からぬ気分を抱いている時、源氏は朧月夜とも密会してしまいます。朧月夜といえば、かつて関係がばれて、須磨行きのきっかけとなった女性。その後、朱雀院の尚侍《ないしのかみ》となっていたのですが、朱雀院の最期が近いということで里に退出している時に、源氏との焼けぼっくいに火が……ということになってしまったのです。おそらく源氏は、女三の宮と紫の上との板挟みに疲れて、昔の彼女と会いたくなったのでしょう。

黙っていれば紫の上もこれ以上傷つかないというのに、源氏は「いや実は今、朧月夜とね……」と、紫の上にゲロってしまいます。涙ぐんで落ち込んでしまう紫の上に対して、

「いっそつねるなり何なりして、私の悪いところを教えてください」

と気分を逆撫《さかな》でするようなことを言う、四十になっても無邪気な源氏。私だったら、「だから、そういうことを私に臆面もなく話してケロッとしているところが悪いということに、いい加減気付け」

と言うのになぁ……。

源氏は、紫の上に秘密を話してしまい、「この人は、何もかも受け入れてくれる。やっぱりいい女だなぁ。私が育てただけのことはある」と、スッキリしているに違いないのです。が、秘密のバトンを渡されてしまった紫の上の心の闇を思いやることは

ない。あまりに紫の上が可哀相で、「そういうことは花散里《はなちるさと》にでも言えばいいんじゃないの？」と、源氏に言いたくなったことでした。

人間は、いけないとわかっていても秘密を作ってしまう、弱い生きもの。そして、人が傷つくとわかっていても、秘密をばらしてしまう、弱い生きもの。

紫式部は、このことをよく知っている人でした。そして平安時代の貴族社会にはうんとたくさんの秘密があって、紫式部もたくさんの秘密を知ってしまっていた。もしかすると源氏物語は、紫式部がそれまでの人生の中で知ってしまった秘密を、物語の形をとってぶちまけるために書いた作品なのかもしれないなぁとも、思うのです。

# 選択したい

『源氏物語』を読んでいると、「私達は、何と自由なのであろうか」と思うことが多々あります。あの時代、女性達は自由に外を歩くことができないどころか、異性に顔を見せることすらできなかった。学歴も職業も結婚相手も、一応は自分の意志で選択することができる我々と比べたら、不自由きわまりない人生です。

源氏物語に出てくる女性達の中でも、その生涯で何の選択もさせてもらえなかったのが、紫の上でしょう。子供の頃、源氏にほとんど拉致されるように連れてこられ、ずっと彼の近くで彼好みに育てられた彼女。どれほど源氏が他に女をつくろうと、離縁する自由はありませんでしたし、死が間近になって出家を望んでも、それすら許されなかったのです。

源氏に最も愛された人であったからこそ、最も縛られていた彼女。この時代、「選択」などという行為をしないことが、女性にとっては幸福だったのです。

源氏物語の中には、選択肢が目の前に並べられる状態になる女性も、登場します。たとえば、玉鬘《たまかずら》。彼女は故・夕顔の忘れ形見として九州から忽然《こつぜん》と登場した美女であるわけで、その「いきなり鄙から現れた、しかし実は血筋の良い娘」というところがおおいに受けて、モテモテになったことは、以前も記した通り。

様々な貴公子から秋波を送られ、それどころか父親代わりの源氏すらご執心。源氏はその上で、冷泉帝への入内も目論んでいます。玉鬘にとっては、選択肢が多すぎるという状態でしょう。

結局、彼女は髭黒大将《ひげくろのたいしょう》という人と結婚することになりました。この人は、名前の通り「色黒で髭がち」という、武骨なタイプ。「真木柱《まきばしら》」の冒頭では、いきなり髭黒と玉鬘の結婚が述べられ、読者としては「えっ、なんで？　それも髭黒と？　ひょっとして玉鬘って、熊系が好きだったの？」とびっくりする部分です。

しかし玉鬘は、自分から選んで髭黒大将と結婚したわけではありません。髭黒は、玉鬘が大好きなあまり、あの手この手で激しく言い寄っていたのですが、玉鬘のお付きの女房の手引きによって、とうとう手ごめにしてしまったのです。三晩続けて男が女のもとに通えば結婚成立、という当時の風習により、彼女は髭黒の妻となったのでした。

髭黒の強引な行為がなくとも、玉鬘が自分の意志によって結婚相手を選ぶことは、できなかったはずです。髭黒が強姦（ですよね）しなければ、玉鬘の後見役である源氏は、おそらく彼女を冷泉帝に入内させたことでしょう。高貴な女性にとって、選択などという行為は自分で行うべきではないもの。そのために、後見役が存在したのです。

一方では、自分で選択をしなくてはならない立場になってしまった女性もいるのでした。それは、宇治十帖に登場する、浮舟《うきふね》です。浮舟は、玉鬘と似た出自です。彼女は、大君《おおいきみ》と中《なか》の君《きみ》という、例の宇治の薄幸姉妹と父を同じくしつつも、母は身分の低い召使。薄幸姉妹の腹違いの妹は、大君亡き後、これまた忽然と、現れたのです。

殿方というのはいつも、若くてフレッシュな女性に弱いもので、薄幸姉妹に夢中だった薫と匂宮《におうみや》は、浮舟に心惹かれてしまうのでした。薫は、亡き大君の面影を求めて、浮舟を世話しようと、宇治の山荘に住まわせるのです。しかし薫は根が真面目でのんびりしたタイプ。「身分がある身としては、そう軽々しく宇治まで行けないしなぁ。いずれ、日数のかかる用事でもつくって、ゆっくり会いに行くことにしよう」などと思って、放っておくのです。

一方、匂宮は「薫が宇治に女を隠しているらしい」という噂を耳にします。匂宮は以前、妻である中の君が住む京の二条院《にじょう》において一度だけ会ったことがある、見知らぬ、しかし薄幸姉妹に似た女性こそが、薫が宇治に囲う女ではないかと、俄然《がぜん》興味を募らせるのでした。

生まれ付き、身体から芳香を発する特殊体質を持つ、薫。薫に負けじと、常にお香を薫《た》きしめているのが、匂宮。……ということで、二人は仲の良い友達でありながらライバル関係でもあるわけで、匂宮は「宇治に行って、確かめてこようっと」と、忍んでいきます。宇治の山荘に到着して覗いてみれば、そこには中の君によく似た女性が。気品という部分では中の君の方がずっと勝っているけれど、可憐で何ともいえず整った顔つきをしている……。

既に中の君を妻として持つ、匂宮。気品のある女から、ついカジュアルな女に目移りするのも、やはり殿方の常というものでしょう。源氏にしても、六条御息所の気品と教養があふれすぎていたからこそ、何も知らない紫の上を自分のものとしたのです。

かくして匂宮は、夜が更けた後、薫のふりをして戸を開かせるのでした。当然、事に至って朝を迎えると、「またいつ来られるかもわからないのだし、帰りたくない！」と、すっかり浮舟に夢中の匂宮。薫の無沙汰で寂しい思いをしていた浮舟も、匂宮に惹かれてしまいます。

　薫と匂宮との板挟みになった、浮舟。大胆な匂宮は、浮舟をさらって舟に乗せるという、例の逃避行もやってのけます。薫は浮舟を京に迎えようとし、匂宮もそれより早く、浮舟を京に迎えようとする。そうこうしているうちに、匂宮と浮舟の間に文のやりとりがあることが、薫にバレてしまうのです。

　思い悩む、薫。

「浮舟は、いかにも可憐でおっとりした感じには見えたけれど、そういえば色めいたところもある人だった。匂宮の相手としてはまったくお似合いだ。譲ってやってもいい、けれどでも……」

などと悶々《もんもん》と考え、浮舟に文を出すのです。

「波越ゆるころとも知らず末の松
　待つらむとのみ思ひけるかな
　人に笑はせたまふな」

とのみ記してあるその文。「他の人に心がわりしていることも知らず、待っていてくれるものとばかり思っていました。……これ以上私を世間の笑い物にしないでください」という意味なわけで、これを読んだ瞬間、浮舟の心臓は、どれほど大きな鼓動を打ったことでしょうか。「バレていた!」と。

浮舟にとって薫は、経済的に面倒を見てもらっている存在。実父である八の宮は既に亡く、母親は下品な受領と再婚している。今となっては、頼りになるのは薫だけなのに、寂しさに負けて匂宮と関係を持ってしまった。さあ、薫と匂宮、浮舟はどちらを選択するのか?

……としたところで、彼女が選びとったのは「死」だったのでした。二人の男性の間で、ふわふわと揺れ動く「浮舟」である彼女。どちらを選びとることもできず、

「まろは、いかで死なばや」

と、女房に洩らします。

そして、ある晩。

「のちにまたあひ見むことを思はなむ
　この世の夢に心まどはで」

「鐘《かね》の音《おと》の絶ゆるひびきに音《ね》をそへて
　わが世尽きぬと君に伝へよ」

という、辞世の歌らしきものを記すと翌朝、彼女は忽然と姿を消していたのです。宇治川へ入水《じゆすい》したのでしょう。

この部分を読んで、今を生きる私達は呆然とします。「何も死ぬことはないではないか」と。私達であったら、たとえ自分の不貞がバレたとて、「あなたが私を放っておいたんでしょう？　私が他の男に心を移したからといって、自業自得なんじゃないの？　今まで、私を安心させてくれたことがあった？」などと逆怒りするに違いないのです。そして、薫か匂宮か、どちらかの世話を受けることになるのだと思う。

しかしこの時代の女性には、やはり「私自身が、選択する」という頭は無いのです。選択は、父なり夫なり、後見役の男性に任せるべき行為。しかし浮舟には、頼るべき父は亡い。浮舟のためを思って選択をしてくれる人は、存在しません。

だからこそ彼女は、命を絶つ決意をしました。二股《ふたまた》に分かれた道を前にして、「こちらに進みなさい」という声がどこからも聞こえてこなかったからこそ、どうしていいかわからずに、宇治川へとむかってしまったのです。

考えてみれば、この「女は選択できない」という時代は、つい最近まで続いていたのだと思います。結婚相手も結婚の時期も親が決めていたのは、そう昔のことではない。「勉強したい」「働きたい」と女の子が言っても、親が駄目と言えば駄目。

紫式部は、選択という行為に対するかすかな憧れを込めつつ、浮舟という人物を創作したような気がします。紫式部の人生においても、選択らしい選択はおそらく存在していません。しかし、ずば抜けて賢い頭脳を持っていた彼女は、どこかで「自分の人生を自分で選びとってみたい」という気持ちを、温めていたのではないか。

しかし彼女は、女が選択することがやはり不可能であることも、知っているのでした。何を着るかとか、どんな歌を詠むかとか、そういった部分での選択しか許されていなかった女性にとって、人生を選択することは、まだまだ荷が重すぎたのです。

膨大な選択肢の中で生きている私は、そんな浮舟が死を求めた理由が、少しわかる気がするのでした。子供の頃から、何をどう選んでもあなたの自由ですよ、と言われている今の女性は、選択するつらさを知っています。選択の結果が失敗だとしても、誰のせいにもできない。「ああ、誰かが私の代わりに、自信をもって選びとってくれないものだろうか」と思うこともあるものです。

だからこそ私は、選択することができずに死を選ぶ浮舟に、シンパシイを覚えるのです。選択を迫られることに疲れて死のうとまではしないにしても、「もう、選びたくない」と自暴自棄になる人は、現代でも存在するのですから。

紫式部は、選択ができないつらさも、選択をしなくてはならないつらさも、知っている人。紫の上のように選択を一切せずに生きるか、浮舟のように慣れぬ選択を迫られるか。自分で選択しなくては何も前に進んでいかない私達からすると、どちらの不幸も自分のものとして感じることができるのでした。

## 笑われたくない

『源氏物語』を読んでいて痛感するのは、この時代の貴族達にとって、人に笑われないように、外聞が悪くないように、人並みに見えるようにする……といったことが、いかに大切だったのか、なのです。

「人笑はれ」(=他人に笑われるような無様な状態)にならないように気を付け、「人聞き」(=世間の評判、外聞)や「人目」を、いつも気にしていた彼等。「人げなし」(=人並みではない)とか「人わろし」(=外聞が悪い、体裁が悪い)といった状態にはならないよう、「人めく」(=一人前に見える)、「人々し」(=人並み、一人前)を目指していたわけです。

このように「人○○」という語には、外聞関係の意味を持つものが多く、その手の単語は、ページをめくる度に頻出している。彼等がどれほど「人」を気にしていたのかが、よくわかります。

「人」と同じくらいよく出てくる文字は、「世」。平安時代に「世」と言えばそれは男女の仲を示す、ということはよく知られています。それくらい男女関係が彼等にとっては重要なことであったというわけですが、しかし「世」は、男女の仲だけを表した言葉ではありません。世間とか世の中といった意味をも含んでいたのが、「世」。「世人《よひと》」（＝世間の人）の「世語り」（＝世間の評判、語りぐさ）にならないよう、「世のおぼえ」「世のきこえ」（＝世間の評判）を気にし、「世づく」（＝世間並みになる）状態でありたい、と思って生きていた平安貴族達にとって、「世」は「人」と同様、決してさからってはならないものだったのです。

日本人は「自分はどうしたいか」よりも「世間からどう見えるか」ばかり気にしている、と国際感覚を持った帰国子女の皆さんなどは言いますが、そうしてみるとその傾向は、既に平安時代から色濃く存在しているものなのでした。神の目ならぬ世間の目によって自らを律することが多い我々にとって、世間という存在は、社会における平和装置のようなものなのです。

とはいえ源氏物語における世間体を気にする人々を見ていると、「さすがにこの時代の人よりも、まだ今の私達の方が、世間体を気にしないようになっているのかも」と思うこともあるのでした。たとえば「若菜《わかな》 上」では、朱雀院《すざく》が、

「最近は、色めかしくみだらな話も、聞こえてきますね。昨日までは、名家の娘として大切にかしずかれてきた人が、今日は身分の低い遊び人の男と浮き名をたてられだまされて、亡き親の面目を潰し、死後の名を汚《けが》すなんてことが……」

といったことをおっしゃっています。今となっては、名家の娘がどんな恋愛をしようと（名家の娘さんに限って、親が眉をひそめるような恋愛をしがちなものですよね）、親が亡くなっているのなら、「親の面汚《つら》し」とまでは言われないもの。名家の娘さんであるからこそ、身分の低い人にグッとくるというチャタレイ夫人的心理を持って当然なのに、この時代の人はそれが理解されずに大変であったなぁ、と思います。

源氏物語は、恋愛の物語。であるからこそ、ここには男女の仲において「面子を潰されたくない」「相手の面子も、潰してはならない」という心理が、しばしば出てきます。

たとえば「葵《あおい》」には、賀茂《かも》の祭の行列に供奉《ぐぶ》する源氏を見物するために来ていた六《ろく》条御息所《じょうのみやすどころ》の車が、源氏の正妻である葵の上の車に押しやられて壊される、という事件が描かれています。そんな時、六条御息所の胸に去来するのは、

「かかるやつれをそれと知られぬるが、いみじうねたきこと限りなし」

つまり「こんな人目をしのぶ姿が自分だと知られることが、しゃくなことこの上な

い」ということ。そして、

「またなう人わろく、くやしう、何に来つらむと思ふにかひなし」

つまり「この上なく体裁が悪く、悔しく、何で出てきたのかと思うが後の祭りだ」といったこと。この期《ご》に及んで彼女は、自らの世間体を気にしているわけです。

また「若菜　上」における、源氏と紫《むらさき》の上《うえ》。女三《おんなさん》の宮《みや》が正妻としてお輿《こし》入れしてきた後、紫の上は悶々《もんもん》とした日々を送ります。新婚四日目に、紫の上を心配した源氏が、「今日は具合が悪くてうかがえません」と女三の宮のところに文を出して紫の上のところにいると、乳母《めのと》は「(女三の宮に) そう申し上げました」と、そっけない返事。そこで源氏は、「(女三の宮の父である) 朱雀院から、どう思われることやら。最初だけは仲良くしている風にしておきたかったが……」と思い、紫の上は「これじゃあまるで、私が光君をひきとめているみたいに思われるじゃない。それを察して下さらないとは、思いやりのないやり方だわ……」と思っている。

源氏は源氏で、世間体のために「ま、最初くらいはラブラブのふりを」と思い、紫の上も、久しぶりに源氏がやってきた嬉しさに舞い上がるのではなく、「ひきとめていると思われたくない」と、世間様の方に目は向いている。源氏は世間体を気にしつつも紫の上を案じ、紫の上はくじけそうになる心を、世間体によって支えています。

源氏は、尋常でない女好きという性質のためだけでなく、世間体のために忙しい思いをしているところもあるのでした。前述した、賀茂の祭の時の車争いの後、六条御息所の嫉妬の炎はますます燃えさかり、産褥《さんじょく》の葵の上に取り憑《つ》いて殺してしまったりしたこともあって、源氏の心は六条御息所から離れていきます。彼女もその気持ちを察して別れを決心し、娘が斎宮《さいぐう》として下るのについていこうと、娘と一緒に野の宮《ののみや》（斎宮になる女性が禊《みそぎ》をするための地）へと向かうのでした。

源氏は、父親が病だったりして何かと忙しいのですが、六条御息所に自分のことを薄情者だと思われてしまうのもナンだし、世間の人から冷たい男だと思われるのも嫌で、重い腰をあげて、野の宮を訪れるのです。

こういうことをするから源氏は「優しい」ということになるわけですが、六条御息所からしたら、「世間の人から冷たい男だと思われるのも嫌だし」などという理由で来られるのは、かえって悔しく、それこそ「世間体が悪い」と思うことでしょう。六条御息所ほどの強いパワーを持っている女性ですから、この時の源氏の心理は素早くキャッチしたはず。彼女がこの後も、要所要所でもののけとなって源氏ガールズを苦しめるのは、源氏のずるい心理がわかっていたからなのではないかと思うのです。

世間体を気にするのは、六条御息所のようなアグレッシブな性格の人ばかりではありません。あの、一見世間体など何ら気にしていないように見える末摘花《すえつむはな》であっても、その辺はしっかり考えているようなのです。

たとえば、源氏が須磨《すま》・明石《あかし》に行ってしまった後、末摘花は後ろ盾もなくぼろぼろのお邸に住んでいたのですが、「この家を手放して、もう少し小綺麗な家に引っ越しませんか」と女房が提案しても、

「とんでもない、世間の人が聞いたらどう思うことでしょう。私の生きている間に、お父さまの形見をなくしてしまうなんて」

と、猛反対。そんな状態なので、女房達がどんどん他所《よそ》へ行ってしまうのを見ても、末摘花は「まぁ困ったわ、どうしましょう」ではなく、「人わろし」と、つまり「体裁の悪いことね……」と思っているのです。

末摘花は、常陸宮《ひたちのみや》の娘という誇り高き生まれであるからこそ、「貧乏」とか「ぼろぼろの家」をどうにかするよりも、家そのものを守ることが世間体の保持につながる、と考えていたのだと思います。世間の見方は必ずしも彼女と同じではなかったと思われますが、しかし彼女は、彼女にとっての世間体を守り抜くことによって、最終的には源氏の庇護《ひご》を得ることができたのです。

そして、藤壺《ふじつぼ》。藤壺といえば、源氏にとって最も理想的な女性だったのではないか

と言われる人。源氏との間に不義の子を産みますが、三十七歳にして亡くなっています。

　藤壺の死後、源氏が紫の上を相手に、自分が過去にかかわりを持った女性達のことを語るシーンが「朝顔《あさがお》」にはあるのです。性依存症の治療法の一つに、配偶者の前で浮気の事実を洗いざらい話すというプログラムがあるということを私はタイガー・ウッズ報道で知ったのですが、源氏も知らないうちにその手のことをしていたのか。

　しかし紫の上としては、そんな話は聞きたくなかったと思うのです。また俎上《そじょう》に載せられる方も、たまったものではありません。案の定その日の夜、源氏の夢枕《ゆめまくら》には藤壺が立ち、

「私とのことを人には洩らさないとおっしゃったのに、そうではないのですね。あの世で苦しい思いをするにつれ、お恨み申し上げます」

と語るのでした。源氏は、藤壺とのことを紫の上に何から何までゲロってしまったわけではありません。が、源氏と関係を持った女性達と並列で語られているということは、彼女達と同等に扱われたということでもある。

　源氏が秘密にしてくれると思ったからこそ自らの特別な立場を信じて亡くなった藤壺にとっては、若い紫の上に、たとえ褒め言葉とはいえ、自分のことをペラペラ語ら

れるのは面子が潰された気持ちがしたことでしょう。その悔しさは、冥界から出てきてわざわざ源氏の枕頭《ちんとう》に立つほどのものだったのです。

源氏はこのことにびっくりし、亡き藤壺に対して「慰めに行ってさしあげたい」とまで思うのです。が、次に考えるのは、

「でもなぁ、かといって私が藤壺様のために何か特別に法要を営んだりすると、世間の人が変に思うだろうしなぁ」

ということで、「阿弥陀仏《あみだほとけ》を心にかけて念じたてまつりたまふ」だけで、この話はおわり。冥界まで慰めに行きたいという熱い気持ちも、世間体の前ではあえなく鎮静化するのでした。

「私の面子はどうなる」と化けて出る藤壺と、「世間の目を考えると法要なんてできないし」と思う源氏は、やはり同じ時代を生きた人なのです。だからこそお互いに、「世間の目など、何だと言うのだ？　あなたの気持ちはどうなのか？」といった無茶は言わないし、藤壺もそれ以上は化けて出ません。

紫式部も、彼等と同じ感覚を持っているのです。平安貴族の狭い「世」の中で、見えない枠から外れずに生きていくことがいかに大切なことか、そう高くはない家柄に生まれた彼女は、知り抜いている。

他人に対する観察力が異様に鋭い彼女であるからこそ、「世」が、そして「人」が自分のことをどう見ているかを、気にしなかったはずはありません。彼女が宮仕えを心から楽しむことができなかったのは、その豊かすぎる自意識のせいもあったのではないでしょうか。

源氏物語とは、そんな「世間並み」「世間体」を重視した彼女が描く「世」の姿。千年前の「世」と今の「世」を比べてみると、しかし意外なほどに変化は少ないことに気付くのでした。もののけこそあまり出没しないものの、異性と別れる時に涙を流すのは、別れが悲しいからなのか、それとも「こんな別れ方では、私が世間からどう思われるか」という悔しさからなのか、その辺を見えないフリをしている人は、かなり多いはず。千年前の人のように「人に笑われないように生きたい」とはっきり意識する方が、かえって楽なのかも、とも思えてくるのです。

# けじめをつけたい

「けじめ」という言葉を初めて聞いた時のことは、妙によく覚えています。それは小学生の時、「今月の目標」みたいな標語の中に、

「けじめをつける」

というものがあったのです。

今考えるとヤクザの標語みたいでもありますが、先生は、

「授業のチャイムが鳴ったら、いつまでもお喋《しゃべ》りしていないで、すぐ静かにして勉強する。休み時間になったら、思い切りあそぶ。そういう区別をきちんとつけることを、けじめをつけると言うのです」

とおっしゃいました。そうは言われても、まだけじめの何たるかがわかっていなかった私は、「けじめって、何だか怖いー」という感覚を持っていたのでした。

「けじめ」という言葉ですが、平安時代は「けぢめ」と書いて「区別」「違い」とい

った意味だったようです。「隔て」とか「仕切り」の意でも用いられましたし、「移り変わり」「変化」の意でもあった。現代語における「けじめをつける」とは、「区別をはっきりつける」といった意味なのです。

『源氏物語』を読んでいると、平安時代の貴族社会とは、すなわち「けじめによって成り立つ社会」だったのだと思えてきます。当時は、身分制の社会。しかし、身分というものは「そういう家に生まれた」ということだけが拠り所なわけで、「お金をいっぱい持っている」とか「仕事で有能」といった、わかりやすい基準に基づいているわけではない。

そうなると、大切なのは「身分を守らなくてはならない」という意識です。一人一人が身分のけじめをきちんとつけないと、身分制度は崩壊してしまう。だからこそ、けじめをつけることは美徳、という意識ができあがっていたのでしょう。

紫式部も、その感覚をしっかりと身につけていた人です。彼女が清少納言について、「漢字なんて書き散らして……」と激しい悪口を残していることは以前も書きましたが、なぜ漢字を書くことが駄目なのかというと、この時代漢字は男のものだったから。もちろん紫式部も漢字は書けたけれど、彼女は男女のけじめというものをしっかり守っていたからこそ、書けないフリをしていたのです。彼女は決して、「男女の区別も身分の差もぶっとばせ！」と叫ぶようなアナーキーな野望は抱かないのでした。

今となっては、その手のけじめをしっかりつける人は、「古くさい既成概念を打ち破れない」などと、無能扱いされかねません。しかし紫式部の時代に、身分や男女のけじめをつけない人は、下品この上ない恥知らず。

その手の記述は、源氏物語にもたくさん出てくるのです。たとえば「際《きは》」「きざみ」「品《しな》」「ほど」といった言葉は、全て「身分」の意味を持ちます。今、私達が「ほどほど」と言うと、過剰でも不足でもなくちょうどいい感じを意味するわけですが、平安時代の「ほどほど」は、「それぞれの程度、身分」とか、「身分相応」といった意味。

この「身分相応」ということが、平安貴族にはものすごく重要らしいのです。身分というものが無いことになっている今、私達は、

「では私は、スペシャルランチじゃなくて、身分相応に一番安いパスタランチにしておこっかなー」

などと冗談めかして使用することが多いわけですが、身分がちゃんと存在する時代の人にとって、「身分相応」は決して冗談にはできない問題。下の身分の者が上の身分の人を真似て身分不相応な行動をするということは、重大な越境行為なのです。

「つきづきし」「似つかはし」「ほどにつく」「随分」などなど、「相応」とか「ふさわしい」といった意味を持つ言葉が、源氏物語には非常にたくさん出てくるのでした。

しかし、そんな世において、身分不相応な行為をついしてしまうというところに、「物語」は生まれます。たとえば「帚木《ははきぎ》」における、源氏と空蟬《うつせみ》のエピソード。

「帚木」は、例の「雨夜《あまよ》の品定め」で始まります。貴族のお坊ちゃん達がこんな女がいい、あんな女は嫌だと話す中で、

「中流の家に思いがけなくいい女がいたりすると、グッとくるよね……」

と、お坊ちゃんらしい話が出てくる。

その翌日、源氏は義務感にかられて妻である葵の上のところに行くものの、方角が悪いということで方違《かたたが》えをし、紀《き》伊の守《かみ》のところへ行くのです。アポなしでいきなり他人の家に泊まりに行くというのもどうかと思いますが、しかしそれは源氏の方が紀伊の守よりも身分が高いからこそ、簡単にできてしまうこと。

「こんなのが、昨日の話に出た中流の家ってやつなんだろうね。それなりにちゃんと暮らしてるんじゃん」

などと勝手なことを思う源氏。この家には、紀伊の守の父である伊予《いよ》の介《すけ》の後妻となった若い女がいるということは、源氏も知っていて、その夜源氏は、「どれどれ」

と空蝉のところに忍んでいってしまうのです。

女房がそれと気づいても、彼女は「並みの身分の人であったら手荒く引き離すこともできようが、源氏さまでは……」と、棒立ち。源氏は平然と空蝉を奥の部屋へと運び、「明け方に迎えにきてあげてね」と女房に。身分制って、こういうことなのですねぇ。

二人きりになって、空蝉は動転します。

「しがない身分の私ですが、そんな私を見下されるそのお心は、どうして浅いものと思わずにいられましょう。低い身分の者は、低い身分の者でしかないのですよ」と、「私とあなたとは身分違い」ということを持ち出して、拒絶しようとするのです。

しかし源氏が、そこで「それもそうだ」と思うわけがありません。何しろ彼は、中流の女への好奇心まんまんの状態ですから、

「あなたが言う、身分の違いなどということは、知りません。なにせ初めてのことなのですから……」

と、迫っていく。身分の違いを乗り越えるために、「さるべきにや」つまり「前世からの因縁なのでしょう」という最終兵器まで持ち出して納得させようとし、結局は

思いを果たしてしまうのでした。

源氏物語の中で、身分の高い人、家柄の良い人は、「上」「上衆《じやうず》」「よき人」などと言われています。反対に、身分がさほど高くない人は「下」「下衆《げす》」「下ざまの人」といった言い方。人間を上下で分けることが当然だった時代の、実にシンプルな言い方です。

源氏と空蟬のように、「上」の人が「下」までおりていくと、「けじめ」を超越してはいるものの、そこにはロマンが生まれるのでした。対して、「下」の人が「上」の真似をしたり、「上」に挑戦しようとしたりすると、身分不相応、分をわきまえていないということになるのです。

明石《あかし》の君《きみ》の父親である明石の入道《にゆうどう》は、まさに「上」へのチャレンジャーであったと言えましょう。明石に隠遁《いんとん》しているというプロフィールからは、野望を持っている人には見えない明石の入道。しかし実は彼は、「娘を何とかして、都の貴人に嫁がせたい」という、「とんでもなく高い望みを持っている」人なのです。

「女は、理想を高く持つべきなのだ。父の私がこんな田舎者だからといって、源氏さまは娘をお見捨てにはなるまい」

と、身分の差のみならず、都会と地方の差も乗り越えようとしています。

父・入道は、源氏とお近付きになろうと画策するのですが、娘の方は父のような気持ちは持っていません。源氏と出会う前は、自分の身の上を「しがない田舎者なのだから、身分の高いお方は、私などを人並みの女とはお思いになるまい」と、「田舎の娘」に相応《ふさわ》しく考えているのでした。

しかしこの娘が父と少し似ているのは、そこで「分相応な田舎の人と結婚しよう」と思うのではなく、「ほどにつけたる世をばさらに見じ」、つまり、身分相応の相手との結婚など決してしない、と思っているところです。この先、頼りにしている親達に先立たれたなら、尼にもなろう、海の底に沈みもしよう……と、尋常ではない覚悟を決めている。この辺に、「ウチだって最初から明石くんだりにいるわけではない。お父さんが変わり者だからこうなっちゃったけど、前はそれなりの家柄だったのだ」というプライドが感じられます。

彼女は、何とかして源氏と娘を結びつけようとする両親を見て、「無難な男でさえみつからないこんな田舎で、源氏のような方を見るにつけても、自分の身のほどが思い知らされるわ……」などと思うのでした。彼女の中にはまだ、「ほど」を大切にする気持ちがあるのです。

しかし両親は、娘のためには躊躇《ちゅうちょ》しません。入道は、源氏を招いた夜、娘に託す夢を切々と源氏に語ります。

「自分の極楽往生の夢はともかくとして、娘について、高い望みを叶えてくださいと、ずっと住吉明神に祈っているのですよ。私は田舎の下賤《げせん》の身ですが、親は大臣にまでなったわけで、子孫が落ちぶれていくのもたまらない。どうにかして都の貴人に縁づけようと思うあまり、しがない身はしがない身なりに、縁談を断ってたくさんの人の嫉《そね》みを買ったこともありました」

などという話を聞くうちに、源氏も次第に娘に興味を抱くように……。

この話の中で、入道は「ほどほどにつけて」縁談を断ったから人の嫉みを買った、と言っています。が、明石における縁談を断るのが「ほどにつく」つまり身分相応のことなのかというと、疑問を持つ人も多いことでしょう。「娘を都の貴人に嫁がせたいとは、何と身のほど知らずのことか」と。

しかし入道は、それをやってのけました。見事、娘が源氏の子を懐妊したのです。都にいた女達はさぞや、「なんて図々しい田舎者の一家なのか」と思ったでしょうが、しかしそれも源氏のしたことなので、文句はつけられないのでした。

身分が下の者は、身分不相応なことをしてしまうと、不興を買う。しかし源氏のような「よき人」であれば、それが許される。源氏物語を読んでいて痛感するのは、そんなことです。紫式部は、源氏という高い身分の貴公子を主人公にしたからこそ、身分差や地域差のけじめを無視した越境行為の発生を、無理なく描くことができたのではないか。

しかし源氏も、普段は「ほど」だの「際」だのをしっかり守る人なのでした。たくさんの女性と付き合ったら、身分身分に応じておくりものをしたりしている。何かにつけて「ほどほどし」「際々し」ということを意識し、日常生活で分相応を守っているからこそ、たまに行う逸脱行為に興奮したのです。

紫式部は、真面目な人です。清少納言に対しての話でもわかるように、彼女も「ほど」だの「際」だのはしっかり守っていた。実際自分も高望みなどせず、中流の代表的職業ともいえる受領《ずりょう》の男性の、何番目かの妻となったのですから。

ですから彼女は、けじめを無視する源氏を自分で描きつつ、同時に明石の入道のような人にはイラついていたのではないかと私は思うのです。物語としては面白くなっても、「なんでこんな田舎の女が……」と、いつの間にか幸せになっていく明石の君に対して思っていたのではないか。

身分相応とか、土地相応とか。この「相応」という感覚は、今でも脈々と京都に根付いているように思います。法律だの柵《さく》だのがなくとも、相応を大切にする意識さえあれば、人は無闇に他人の領域には入っていかないということを、都の人達は知っている。

アメリカ的な感覚が入ってきてからは、躊躇なく上だの外だのを目指す姿勢が称賛されている、昨今。紫式部がもし今の状況を見たならば、ちょっと羨みつつも、苦々しく思うような気がしてならないのでした。

# いじめたい

『源氏物語』に出てくる女性達は、いずれあやめかかきつばた、甲乙つけがたい魅力の持ち主ばかりです。ある人は可愛らしいタイプ、ある人は知性が勝ったクールビューティー等々、個性の違いは様々あれど、美人で気立ても良い人にばかり、源氏は手を出している。

しかし、美しい人ばかり出てきたのでは物語はピリッとしないということで、紫式部は時に特殊なスパイスを効かせているのでした。その代表例が末摘花であるということは、「ブスを笑いたい」の章でも書いた通り。紫式部は、末摘花を「ブスだけれど性格は良い」ではなく、「ブスな上に時代遅れでとんちんかんな性格」という人物に仕上げ、その意地悪さを表明しました。

しかし源氏物語に出てくる特殊なスパイス役は、末摘花だけではありません。末摘花が「ブス」を笑いたい欲求のはけ口だとしたら、さらに「ババア」および「田舎者」を笑うためのスケープゴートも、用意してあるのです。

前章にも書きましたが、紫式部は、「けじめ」を大切にする人でした。それは紫式部に限ったことではなく、帝は帝らしく、貴族は貴族らしく、下衆《げす》は下衆らしく……というのは、身分制がある時代に生きる人にとっては、当然の感覚だったのです。けじめが守られるべきなのは、身分に関してだけではありません。男は男の、女は女のけじめを守るべき。年齢に関しても、その年頃らしくしていないと、人から笑われることとなりました。

そんな中で紫式部は、「紅葉賀《もみじのが》」に、源典侍《げんのないしのすけ》という印象的な人物を、登場させています。「紅葉賀」は、源氏が紫の上をひきとり、藤壺は実は源氏の種である子を出産し、そんなことばかりしているものだから正妻の葵の上とはしっくり来ず……といった内容の、源氏が二十歳前の頃のお話。

家柄も立派で才気もあり、上品でありながら、色事の方面には非常にだらしないという評判の、源典侍という女房がおりました。年の頃は、五十七、八歳にもなっていたのですが、源氏はふと、「どうしてそんなにふしだらなのだろう？」と、若気の至りとでも言いましょうか、彼女に興味を持って言い寄ってしまったのです。

ただでさえそちら方面にはだらしない源典侍、今をときめく若い貴公子がやってきたということで、大喜び。源氏は「さすがにこのことを人が聞いたらどう思うか」と、その後はつれなくするのですが、源典侍は当然、深情けを発揮します。精一杯の若作りをして、扇越しにふりかえった目付きは、「一生懸命に流し目をしているのだけれど、まぶたは黒ずみげっそり落ち窪んで、よれよれで皺《しわ》だらけ」なのです。

　年に似合わず派手な扇だな、と源氏が見てみると、端の方に書いてあるのは、

「森の下草老いぬれば」

という言葉。これは「大荒木《おおあらき》の森の下草老いぬれば駒もすさめず刈る人もなし」という歌の一部。「下草が老いてしまったから、馬も好まないし刈る人もいない」……ということで、「書くに事欠いて、ずいぶんとまたいやらしいことを」と、源氏は苦笑するのです。

　しかし、そこでスッパリと切らないのが、源氏の優しい、というよりは珍味好きなところ。「年寄りをいじめるのも可哀相だし」とまた会ってやっていると、今度は源氏のライバル・頭中将《とうのちゆうじよう》に現場を発見されるのです。同衾《どうきん》しているところに踏み込んできた、頭中将。源氏があたふたするのに対して、色好みで有名な源典侍は、そんな事態も初めてではなさそうなのでした。

　源氏にとって、「若い時代の、他人には言えない恥ずかしい相手」である源典侍は、

その後も一度、登場します。若気の至りで源典侍と関係を持ってから、十余年後。源氏が三十代前半の頃、斎院《さいいん》を退下《たいげ》した朝顔の姫君に会いたくてその邸に行くと、何とそこには源典侍がいたのです。

源典侍は、既に出家していました。年の頃、七十。だというのに、いまだに色っぽくしなをつくっているではありませんか。しかしその声を聞けば、歯が抜けて梅干しばあさん状態の口元が想像できてしまう。それでも色めいたことを言おうとする源典侍に対して、源氏は「こういう人が、長生きしちゃうんだよね……」などと、定めなき世を思うのです。

源典侍は、「いつまでも恋をしていたい」「死ぬまで、セックス」といった現代の風潮に合致した老女です。が、いかんせん平安の貴族社会ではその姿勢は受け入れられません。「年寄りは年寄りらしくしているべき」と思っている紫式部にかかると、その姿は笑い物にしかならないのです。

『紫式部日記』の中にも、年寄りいじめ的な記述があるのでした。豊明節会《とよのあかりのせちえ》というお祭りの時に舞う、五節《ごせち》の舞姫の介添え役として、左京馬《さきようのむま》という人が交じっていることを、公達《きんだち》たちが発見しました。左京馬は、昔は宮中において、女房として上品そうに仕えていた人。それが今や「さだすぎて」、つまり盛りのすぎた年齢となり、この年で舞姫の介添えなんかをしているとはね、と意地悪な心が働きます。

そこで女房たちは、中宮《ちゅうぐう》からというフリをした偽の文を作成して、左京馬に届けるのです。中宮から文が、ということで気合いが入る左京馬を見て、女房たちは「本気にしちゃって……」と笑うのでした。紫式部もその中の一人だったわけで、そのいじめ行為を描く筆致にも、生き生きとしたものがある。

日記の中で紫式部は、女房達がいる局《つぼね》に夜、男性達が訪ねてきて「格子を開けよ」と言われた時も、「若い女房ならばふざけても大目に見られようけれど、私のような年では悪ふざけになってしまうわ」と、閉ざしたままにしています。そのように自己制御能力が強い彼女が、源典侍のようなキャラクターを作り出し、思い切り「色呆けババア」として書くのは、さぞや楽しかったのではないかと思うのです。

もう一人、田舎者いじめの標的とされたのは、近江《おうみ》の君《きみ》。故・夕顔の遺児である玉《たま》鬘《かずら》が、九州から都へとやってきてモテモテになったというのは、以前も書いた通り。玉鬘は、内大臣《うちのおとど》（以前の頭中将。源氏のライバル）が実の父であるわけですが、都では源氏に引き取られています。

ちょうどこの頃、内大臣にはもう一人のご落胤《らくいん》が登場していました。それが近江の君なのですが、これがどうにも評判が悪い。

内大臣は、近江の君がすごろくをしている様を、そっと覗《のぞ》き見てみます。すると、えらく早口で話し、下品な様子。育ちの良い女性はゆったりと話すものであり、早口というのは、育ちの悪さを証明する特徴なのです。

内大臣は、「こんなだからといって、今さら送り返すのも体裁が悪いし……」と悩みつつ、近江の君に話しかけます。

「私付きの女房になってもらおうかと思ったのだけれど……（でもこんなんじゃあとっても恥ずかしくて）」

と言いよどむと、

「トイレ掃除でも何でもやりますよ〜」

と、これまた姫君にあるまじき発言。内大臣は肩を落とし、

「それはあなたに相応しくない役目でしょう。親孝行しようという気持ちがあるなら、もう少しゆっくり話してくれまいか」

と言えば、

「これは生まれ付きなのでございましょう。でも、直しますよ！」

と、これまたペラペラ調子よく話すのです。

彼女は、別に容姿がまずいわけではありません。それなりに可愛いところもあるの

だけれど、しかし「たいそう田舎のみすぼらしい下々の間で育ったので、言葉遣いも知らない」のです。せわしなく不作法に強い訛《なま》りで話すと、たとえ風情のあることを言っていても、そうは聞こえないのだ、と。

近江の君はまた、物怖《ものお》じしない性格なのでした。「私なんか田舎者だし……」とひっそりしているのではなく、「こんな立派なお父様に引き取っていただけて、嬉しい！」と、はしゃいでしまう。

近江の君は結局、内大臣の娘である、弘徽殿《こきでん》女御《にょうご》の女房となることになったのですが、そうなるともう嬉しくて、「さっそく今夜から出仕しなくちゃ」と、大はりきり。ついでに、いきなり女御に歌を贈ってしまいます。

その歌が、秀逸なわけがありません。やたらと地名をちりばめた支離滅裂な歌を、下手な字で書いている。

受け取った女御は、突然出現したわけのわからない異母妹に、困惑しています。文を見てみれば、これまた意味不明。

「これと同じように書かなければ、軽蔑されちゃうかもしれないわねぇ。あなた、書いておいて」

と、鼻で笑って女房に代筆を依頼。女房達はくすくすと笑い、上臈《じょうろう》女房がさらに

地名をテンコ盛りにした歌をイヤミたっぷりに書けば、女御は、
「おおいやだ、これを本当に私が書いたものとして近江の君とやらが吹聴《ふいちょう》したらどうしましょう」
と、お嬢様らしい意地悪さで眉をひそめるのです。もちろんその歌を受け取った近江の君は、イヤミだと気付かずに、大喜びするのでした。

明石の君や玉鬘など、田舎からやってきた人が都会の貴族の心を奪う、というパターンが源氏物語にはあるわけですが、実際にはあくまでレアケースだったものと思われます。ごく稀に、まさに「鄙《ひな》には稀」な美女がいたからこそ、貴族達は驚いて心を奪われた。

その陰には、大勢の近江の君的な、つまりは田舎者丸出しの人がいたはずです。近江の君のような田舎者のことを、貴族達はいかにも都の人らしく、本人には気付かれないように陰で馬鹿にしながら、「くっくっく」と笑っていたに違いありません。

紫式部も、ババアや田舎者を見た時に、顔には微塵《みじん》もそんな気配は出さずとも、心の中で思い切り笑っていたであろう性質。自分が貴族社会のど真ん中にいる存在ではないからこそ、「誰かを下に見たい」という気分は、彼女の中にたっぷりあったのではないでしょうか。悪口の輪の中には入らず、相づちを打つくらいだったかもしれな

いけれど、心の中では最も辛辣《しんらつ》な言葉を用意していたのであって、それが源氏物語の中で結実しているのです。

源典侍や、近江の君。彼女達は、他の女性を際立たせるための役割を持っています。源典侍が、そのエロババアっぷりを発揮すればするほど、紫の上の純粋な若さと処女性は、引き立ちます。そして近江の君が、早口でまくしたてたり、腰折《こしお》れの歌を図々しく詠めば、同じく内大臣のご落胤という立場ながらもモテモテの玉鬘は、光り輝くのです。

光があれば、必ずできるのが、影。紫式部は、その影を描くのが上手な人でありました。しかし、それと気付かれぬように対象をいじめるというのは、さすが都人と言うしかない。明らかに本人を傷つけながらいじめ行為に精を出す今の人々を見たら、紫式部はきっと、「田舎者ね」と笑うことでしょう。

## 正妻に復讐したい

『源氏物語』において、ふと気がつくと非常に影の薄い存在になっているのが、正妻の立場にいる女性です。最初の正妻の葵の上にしても、二番目の正妻である女三の宮にしても、源氏から深く愛されてはおらず、際立った個性を描かれることもない。

葵の上は、時の権力者である左大臣の娘という、折り紙つきのお嬢様です。父親からたっぷりと可愛がられ、彼女が十六歳の時に、源氏と結婚するのです。

これはもちろん、政略結婚です。左大臣からしたら、人臣に下っているとはいえ、源氏は帝の子息。自らの出世のためにも、ぜひ娘と結婚させておきたい相手です。この時、源氏は十二歳。葵の上は、十六歳ながら四歳年上の妻ということになるのでした。

四歳の年齢差は、この年頃の二人にとってはかなり大きいものではないかと思われます。今で言うなら、小六の男児と、高一の女子というカップリングなわけで、男児はまだガキ、女子は生意気盛りというお年頃。

　もちろん源氏は生まれついてのジゴロですから、うんとませてはいたことでしょう。とはいえ小六男児と高一女子の間で共通の話題がたくさんあるとも思えず、その隔りはかなり大きかったのではないか。そしてその隔たりは、十年ほどの二人の夫婦生活の間中、消えることがなかったのではないか。

　当時の結婚とは、男女が同居するのではなく、男が女のもとに通っていくという、招婿婚《しょうせいこん》です。ですから、十二歳の少年と十六歳の少女が同居したというわけではなく、左大臣の家にたまに源氏が通っていくというスタイル。

　しかし源氏はいつも、義務感で左大臣家に行っているのでした。左大臣からしたら源氏は大切な婿ですから、下にも置かぬもてなしをするのです。が、源氏というのは「さぁどうぞ！」とウェルカムな姿勢をとられてしまうと、どうにも食指が動かないタイプ。反対に、逃げる女を追うとか、鄙の女を探し出すとか、あえて醜女《しこめ》も……とか、何かの障害を乗り越えて女を手に入れるのが好きなのであって、左大臣が歓迎すればするほど、「あーあ」と、足は遠退きます。

　葵の上は、美人です。お嬢様育ちなので、プライドも非常に高い。自分から源氏にすり寄るようなことはしないし、たまに源氏が行っても、ツンとしているのです。

源氏が女遊びをしても、夜離《よが》れが続いても、ぎゃんぎゃん嫉妬するようなこともない。

「若紫《わかむらさき》」は、病気療養先の北山で、源氏が後の紫の上となる美少女を発見して……というストーリーであるわけですが、少女と会った源氏は、いきなり「引き取りたい」と申し出ます。もちろんすぐに「どうぞ」とはならず、源氏はいったん帰京し、帝のところへ挨拶に行くのでした。するとそこにいた舅《しゅうと》の左大臣は、疲れた様子の源氏を見て、「まああうちでゆっくりお休みください」と、自邸へと連れていくのです。

気が進まない源氏でしたが、無下に断るわけにもいきません。左大臣家では、いつ源氏が来るだろうかと、「いとど玉の台《うてな》に磨きしつらひ、よろづをととのへ」ていたわけで、源氏を歓待します。

しかし葵の上は、源氏が来ても、すぐには出てきません。父である左大臣が、

「早く出てきなさい」

とばかりに急《せ》き立てるとやっと出てくるのですが、葵の上はただお行儀よく、しらーっと座っているばかり。源氏が、北山の土産話などしようと思っても、気の利いた返答をしてくれそうにもなく、少しも打ち解けないのです。源氏が、

「たまには普通の妻らしい様子も見せていただけませんか。耐えがたい病に苦しんでいたのに、様子も聞いて下さらないのは、いつものこととはいえ、やはり恨めしいことです」

と言ってみても、

「『問はぬはつらきもの』とは、本当でしょうか」

と、答えるのみ。昔の歌を引いて、「あえて様子を問わないのだ」と言うかのよう。短い言葉を言う葵の上の流し目は、気高く美しいのです。が、だからこそ冷たくも感じられる。

「たまに何かおっしゃるかと思えばまたとんでもないことを……」

と源氏は嘆息して、寝床へ入ってしまいます。葵の上はもちろん、すぐについていくようなことはしないわけで、源氏も扱いあぐねて、面白くない気持ちで横になるのです。

この時、源氏は十八歳。葵の上、二十二歳。源氏は遊びたい放題に遊んでいる時期です。しかし葵の上も美しい盛りであるわけで、少しは愛情を持ってもいいだろうに、源氏は夕顔だの空蟬だのにうつつをぬかしている。そしてこの時は、源氏の頭は北山で会った美少女のことでいっぱいなのであり、ツンケンした年上の妻の機嫌をとるのも、面倒だったのではないか。

源氏は、葵の上がよそよそしくて親しみの持てない性格だから自分は愛せないのだ、と思っているようです。が、葵の上は、ただ正妻であるというだけで、源氏から愛されないのです。気位の高い美人といえば、六条御息所もそうであるわけですが、源氏は彼女を落とすのには、当初は熱心になっていた様子。葵の上も、彼女が他人のものだったり中の下の身分だったりすれば、源氏から狙われていたタイプの人であるのに、最初から源氏のものになってしまったことが、彼女にとっての不幸でした。

四歳年上であるということも、彼女の態度には関係していたことと思います。自分の方が年上というのは、やはり引け目がある。最初は「子供ね」と思っていた相手であったのに、成長するにつれてだんだんと女遊びが激しくなっていくとしたら、「何なのよ」と心を頑《かたく》なにすることでしょう。あげくの果てに、年端もゆかぬ少女にまで手を出しそうになっている……ということはこの時の葵の上はまだ知りませんが、この手の女性の常として、「何か、ある」とは察知しているに違いありません。

やがて源氏が自邸に若紫を引き取ると、その噂は葵の上に届くことになります。葵の上の心は、ますます硬化。「紅葉賀」には、若紫を迎えて最初のお正月、若紫とすごした後に左大臣家に行った時のことが記してあります。葵の上は美しく着飾ってはいるけれど、優しく素直な様子は微塵も見せない。

「せめて今年からは、もう少し親しみをもってくださったら嬉しいのだけれど」

などと源氏が言ってみても、若紫を大切にしているということを知っている葵の上は、「その女をやがて妻にするのでしょうよ」と、内心思っている。

葵の上は、嫉妬をしても騒ぎ立てるようなことはせず、また源氏も、葵の上の気持ちをわかっていながら、頑張って機嫌をとるようなことをしません。この夫婦は、互いに育ちの良さと高すぎるプライドをもっているが故に、歩み寄ることをしないのでした。

ただ一人、はしゃいでいるのは舅の左大臣です。娘に対する冷たい扱いには恨めしい思いを持ちながらも、何くれとなく世話を焼くことに生きがいを感じている左大臣。「たまにしか通っていらっしゃらなくても、こんな人を出入りさせて眺める以上の幸せがあろうか……」と、彼は源氏を、自分の家にとってのこの上ない豪奢《ごうしゃ》なアクセサリーとして捉えているのでした。

若紫を引き取った後も、藤壺に子を産ませたり朧月夜《おぼろづきよ》に手を出したりと、源氏はお盛んな活動を続けています。が、一応は葵の上への義理も果たしていたらしく、彼女は妊娠するのでした。

「妻は冷たい女でね……。全く合わないんだ。離婚したいよ」
などと不倫相手に洩らしていたのに、なんで妻が妊娠してるのよっ、と愛人激怒、というパターンでしょう。

源氏は妊娠の報を聞いて、葵の上に対して「あはれ」と思うのでした。周囲の人々も皆この妊娠を喜ぶ中で、次第に六条御息所への訪れは間遠になっていくのです。

葵の上と六条御息所との間で起きた、あの車争いは、つまり葵の上の妊娠中の出来事なのでした。事件のことを聞いた源氏は、「葵の上もなぁ、軽々しい人ではないけれど、情けの薄いところがあるからなぁ。自分で指示したのではないにせよ、『こんな女に優しくしてやる必要はないわ』という彼女の気持ちが下の者にも伝わって、情けない騒動になってしまったのだろうなぁ」と、六条御息所に同情するのです。

が、もちろん六条御息所の気持ちは、ちょっとやそっとの同情で慰められるものではありません。おまけに葵の上は、妊娠しているのです。現代であれば、愛人は本妻に無言電話をかけ続けたりして本妻を苦しめることでしょうが、六条御息所にはその手段が無い。だからこそ彼女は、葵の上が出産となった時に、生霊《いきりょう》となって取り憑いてしまうのですね。

もののけに苦しむ葵の上を見て、源氏は美しいと思います。出産時用の白い着物に、結んでたゆたう長い髪を見て、「こんな風につくろわずにいる時こそ、可愛くあでやかに見えるのだなぁ」と思っている。いつも葵の上はきちんとした隙《すき》の無い格好ばかりしていたからこそ、床に臥《ふ》す彼女の姿にグッときたのでしょう。

　葵の上は、何とか出産を終えました。生まれたのは、美しい男の子。周囲はおおいに喜びます。まだ葵の上の体調は油断ならないと、源氏は外出もせず、赤ちゃんを可愛がるのでした。

　元々美人の葵の上が、もののけと出産とでやつれ果てた様子ははかなげで痛々しく、この世にまたとないものに見えました。源氏は「どうして私は、今までずっとこの方を物足りなく思っていたのだろうか」と、飽かず葵の上を見つめるのです。

　この時、源氏は初めて葵の上を愛したのです。「いつでもそこにいる正妻」ではなく、いまにもあちらの世界に行ってしまいそうなはかない存在になったからこそ、源氏は彼女を欲しいと思った。

　しかしそれは、葵の上にとって、人生の最後の時間でした。葵の上の様子が少し落ち着いたからと源氏と左大臣とが外出している間に、彼女は事切れてしまうのです。

享年、二十六。

　……と、これが葵の上の人生です。良い家に生まれ、天下の美男子と結婚して男児さえ産みながら、夫からは「ツンケンして情けの薄い女だ」とずっと思われ、愛されたのは人生最後の瞬間のみ。

彼女はこの物語の中で、ただ「正妻」としてのみ、存在しています。際立った個性もなく、六条御息所をはじめとした愛人達に印象的な出番を与えるための役割、という存在。

能には「葵上《あおいのうえ》」という演目がありますが、ここで葵の上は、演目名になっているにもかかわらず、舞台には登場しないのでした。彼女の存在を示すのは、舞台上に置かれた一枚の小袖《こそで》。シテの六条御息所は、小袖に対して嫉妬を燃やすのです。源氏物語における葵の上の存在感の無さは、能の作者も感じていたのだと思います。

紫式部も、正妻という立場の虚しさを、感じていたのかもしれません。紫式部も結婚をしたことはありますが、相手は年上で、すでに妻子が色々とある身。ということで紫式部も、正妻に対して嫉妬はしたことでしょう。が、その嫉妬が何も生み出さない無駄なものであることも、彼女は知っていたのです。

源氏物語において、正妻をほとんど無視し、正妻であることの虚しさを描いたのは、紫式部の、正妻という存在に対するちょっとした復讐だったのかもしれません。そして、せっかく男の子を産みながらもその満足に浸ることなく、源氏に愛された途端に亡くなってしまった葵の上という人の人生は、源氏物語の中でも最も悲しい女性の生き方の一つなのではないかと思うのでした。

## 失脚させたい

光源氏は子供の頃、高麗《こま》から来た人相見から、

「この御子《みこ》は、国の親となって、帝王の位におつきになる相をお持ちですが、しかしそうなると国は乱れることでしょう。では朝廷の臣となって政治を補佐する立場かといえば、そういう相でもなく……」

と言われるのでした。


帝となる相を持ってはいるが、本当に帝になったら国が乱れる。その結果を聞いて、父・桐壺《きりつぼ》帝は「そうだろうなぁ」と思うのでした。天皇の子である源氏は、将来帝になる資格は、持っています。しかし源氏の母親・桐壺更衣《きりつぼのこうい》は、しっかりとした後ろ盾の無い立場。源氏を愛していた桐壺帝は、彼を重用したいとは思っていたものの、そうしてしまったらあちこちから不満が噴出する。それがわかっているからこそ、桐壺帝は源氏を臣籍に下しました。

人相見の判断は、当たっています。結果的に見れば、源氏はその人生の中で、臣下の最高位である准太上天皇《じゅんだいじょうてんのう》まで上りつめることになります。それは、人臣でありながら皇族と同列という立場なのです。

では、この物語の中には、源氏の出世をはばむような政敵はいなかったのか。……と考えてみますと、いました。源氏にとって最強にして最大の政敵は、実は女。弘徽《こき》殿女御《でんのにょうご》（物語後半に出てくる、柏木《かしわぎ》の妹である弘徽殿女御とは別人。区別のために、ここでは弘徽殿と呼びます）、その人なのです。

弘徽殿とは、どのような人かと言いますと、それは源氏の父である桐壺帝の夫人。源氏が生まれるよりも前に、後の朱雀帝となる第一皇子を産んでいます。

帝の后妃《こうひ》のランクは、中宮・女御・更衣という順なのですが、女御である弘徽殿より低いランクの更衣でありながら、桐壺更衣は帝の寵愛《ちょうあい》を一身に受けていました。他にも女御・更衣があまたいるのに、桐壺帝が彼女だけを愛するものだから、他の女達は当然ながら嫉妬。桐壺更衣が帝のもとへ行く時にどうしても通らなくてはならない所に汚物を撒きちらして着物の裾《すそ》を汚したり、廊下を封鎖してとじこめたりしてしまうのです。

女の世界におけるストレスが募り、そしてもしかしたら桐壺帝から愛されすぎる疲

れもあってか、桐壺更衣は源氏を産んだ後に死去。桐壺帝が悲嘆に暮れているのを見て、

「亡くなってからも人の心をイラつかせるご寵愛ぶりだこと」

と厳しいことを言うのが、弘徽殿です。廊下に汚物を撒きちらしたりとじこめたりという桐壺更衣に対するいじめに、彼女は確実にかかわっていたことでしょう。

桐壺帝は悲しみのあまり、政務も手につかない様子です。弘徽殿は、そんな帝の寝室に行って慰めようとはせず、夜遅くまで管弦を楽しんだりしているのであり、帝は苦々しく思っているのでした。

ここでは弘徽殿について、

「気が強くてとげとげしいところのあるお方だからこそ、桐壺更衣の死など無視なさるのだろう」

と記してあります。確かに、愛する人が死んで悲しんでいる人の近くで、ジャンジャン音楽をかきならすというのは、無神経な行動ではあるのです。

しかし弘徽殿からしたら、桐壺更衣というのは、夫の愛人のような存在。それも、夫は明らかに自分よりも愛人の方を愛していたわけで、その女が死んだ時、夫のところに出向いて慰めるなどということは、相当の人格者でなくてはできないことでしょ

う。

弘徽殿は、自分の息子を東宮《とうぐう》にしたいわけです。しかし、帝の源氏に対する寵愛ぶりを見ていると、「ひょっとしてこの子を東宮にしようとしているのでは……？」という疑念も浮かんできます。が、帝もそこまでは愛に流されなかった。前述の通り、高麗の人相見に見せたりなどして、源氏は東宮にしないことになり、弘徽殿は安堵《あんど》。望み通り、彼女の息子が東宮となったのです。

弘徽殿にとって源氏は、言わば「夫の愛人の息子」。自らも息子を持つ身としては、夫の愛人の息子が可愛いわけがありません。それでもまだ源氏が幼少の頃は、あまりの可愛らしさに、無体な真似はしなかったものの、長じるにつれて源氏は、弘徽殿の神経に障《さわ》る存在となっていったのです。

弘徽殿は、時の右大臣の娘でした。対して源氏は、時の左大臣の娘・葵の上と結婚した、左大臣側の人間。右大臣家とは、政治の上でもライバル関係ということになります。

そんな中で源氏がつい手を出してしまったのが、右大臣の娘であり、ということは弘徽殿の妹である、朧月夜。彼女は、東宮すなわち弘徽殿の息子に入内《じゅだい》する予定であったのに、「でも好きなんだもん！」とばかりに源氏との関係を深めていきます。この辺の軽さは、姉の弘徽殿とは正反対。お姉ちゃんがしっかりしすぎていると、妹がチャラチャラしてしまうという事例は、確かにあるものです。

源氏と朧月夜ができてしまった後、右大臣としては「そんなに夢中なのであれば、源氏と結婚させてもいいかもな」と思っていたのです。源氏の正妻・葵の上は亡くなり、もう障害は無くなっていました。

しかしこの時も、しっかり者の姉・弘徽殿は「何言ってるのお父さん」とばかりに、反対します。「ちゃんと宮仕えをすればいいだけの話でしょうよ!」と、尻軽な妹の入内を進めようとするのでした。

この時は、弘徽殿が反対せずとも、源氏の側にその気はなかったのです。源氏は、紫の上と初めて事に至ったばかり。おさな妻に夢中で、正妻の死の悲しさもふっとんでいますし、六条御息所も朧月夜もどうでもいい、という気持ちなのであり、それもまた右大臣父娘《おやこ》の感情を損ねる一因となりました。

「気が強くてとげとげしい」娘のみならず、父・右大臣も、『源氏物語』の中では悪役として描かれています。桐壺帝が亡くなった時は、右大臣は「せっかちで意地の悪いお方なので、その思いのままになる世のことを、皆が嘆いている」などと書かれているのです。この父と娘は、源氏をいじめる悪の軍団として描かれている。

その後、朧月夜は尚侍《ないしのかみ》として出仕します。尚侍といえば、帝の妃に準ずる地位。さすがに源氏との仲も終わっているかと思いきや、そうではありませんでした。彼女が実家に戻っている時、チャンスとばかりに源氏と会っていたのです。

当時、実家には弘徽殿も住んでいました。

「あのこわーいお姉ちゃんもこの家にいるかと思うとドキドキするけど……」

「でもこういうのがグッとくるよね！」

と、二人は夜な夜な逢瀬《おうせ》を重ねます。「障害があるほど燃える」という意味で、朧月夜は源氏と性分が似ていたと言っていいでしょう。

しかしやがて、二人は密会の現場を右大臣に目撃されてしまいます。右大臣も見て見ぬフリをすればよかったものを、「勝手で、胸にしまっておくことができない性分であるところに、老いのひがみも加わって」、そのことを即座に弘徽殿にペラペラと話してしまいます。既に、父が娘に頼り切っているのです。

話を聞いて、弘徽殿は激怒。

「あの男に傷物にされたからうちの妹は、本当だったら女御にだってなれるところを、不本意ながら尚侍として宮仕えしているというのに……！」

と、父・右大臣が「わっ、言うんじゃなかった」と思うほどに不機嫌になるのでした。

弘徽殿の立場になってみれば、それも当然でしょう。自分が同じ邸にいるのがわかっていながら忍んでくる源氏は、自分を舐《な》めているとしか思えない。その上、朧月夜は朱雀帝の妃のような立場なのに、源氏は構わず寝取ろうとする。朱雀帝というのはすなわち、弘徽殿の息子なのですから。

冷静に考えると、「朧月夜さんの貞操観念に問題があるんじゃないですか?」ということになるのです。彼女は源氏にとっては据《す》え膳《ぜん》のようなものなのであり、源氏に罪は無いのではないか。

しかし朧月夜は、弘徽殿の妹なのでした。妹でなければ、「尻軽な嫁」に腹を立てることは簡単だけれど、その尻軽女は自分の身内。妹にも腹は立つけれど、弘徽殿はその怒りを源氏に転嫁しようとしているのです。

とはいえ弘徽殿は、ただ感情的に怒っているわけではありません。腹は立てているけれど、弘徽殿が考えているのは、「これを機会に、源氏を失脚させよう」ということ。誰もが「美しい」「すばらしい」と讃《たた》える人・源氏に対して、弘徽殿はただ一人、「そのままでいられると思うなよ」と爪を研ぐのです。

結果、源氏は須磨そして明石へ。弘徽殿、父の右大臣としては、してやったりの結果となりました。

源氏が須磨に移ってから二年目のこと、嵐の夜、既に天皇となっていた朱雀帝の夢に、故・桐壺院が出てきました。桐壺院は朱雀帝に色々とメッセージを伝え、その中には源氏の身のこともあったのです。

怖くなった朱雀帝が、母・弘徽殿に訴えると、

「天気が悪い時っていうのは、思い込んでいることが夢に出てくるものなのです。いちいち驚いたりしてはなりません」

と、ビシッと息子を諫《いさ》める。朱雀帝が、

「源氏が、罪なくして今のような状態に沈んでいるのであれば、元の位に戻してやった方が……」

と言えば、

「そんなことでは、軽々しい処分だと非難されますよ。罪を懼《おそ》れて都を去った人を、三年もしないうちに許すとは、世間から何と言われましょう」

とさらに言われて、思いを通すことができない。朱雀帝にとって源氏は異母弟なのであり、肉親の情もあるのでしょうが、弘徽殿にとって源氏は血のつながらない「愛人の息子」。たとえ夫が化けて出ようと、情けをかける筋合いはありません。

以前も、朱雀帝の弱気さについて記したことがありましたが、彼の弱さは、やはりこの強すぎる母がいたからこそなのでしょう。夫も、父も、息子も、男達は皆、弘徽殿より弱々しいのでした。弘徽殿がもし男であったら、名君か暴君か、いずれにせよ歴史に名を残す帝王になっていたのではないか。

強く、行動力があり、そして頭も良い弘徽殿。だからこそ彼女は、源氏という男に対抗意識を持っていたのです。何もかも順調に見えるあの男を、失脚させてやりたい。……この気持ちは、右大臣家のためであり、息子のためでもあったかもしれませんが、つきつめていくと弘徽殿という人間の負けじ魂の為せるわざだった気がするのです。

私は、そんな弘徽殿が嫌いではありません。源氏物語を読んでいると、時として源氏に対して「何でも自分の思い通りになると思って……」と、イラついてくることがあるのです。それは、クラスの中の、容姿もよくて勉強も出来て家もお金持ち、みたいな子に対する反発心と似ているのですが、そんな時に弘徽殿が登場すると、つい「がんばれ!」と言いたくなってしまう。

物語として考えると、須磨・明石での失脚期間がなくては面白味半減ということで、弘徽殿は、物語に必須のヒールです。そして紫式部も弘徽殿という女性を、意外と楽しみながら書いたのではないかと、私は思う。紫式部も、道長をはじめとして、栄耀栄華を自分のものにしている男達の鼻をへし折ってやりたいという気持ちは、きっとどこかにあったはず。その気持ちを、弘徽殿に託したのではないでしょうか。

源氏が明石に移った後、弘徽殿は病気がちになります。母の権勢も以前ほどではなくなってきたというところで、朱雀帝は源氏を都に戻し、ようやくホッとするのです。が、その時の弘徽殿の気持ちは、「ついに源氏を負かすことができなかった……」というもの。病になってもなお、源氏を完全に失脚させられなかったことをくやしがる、弘徽殿。源氏物語の中で、女の身ながらただ一人、源氏に対して反旗をひるがえす彼女の意気というものに、私は密かに拍手を贈りたくなるのでした。

## 出家したい

光源氏の生涯を見ていて「格好悪い……」と思うのは、彼がしょっちゅう「出家したい」と思いながら、結局は死の直前まで実行に移さないところです。

彼の出家欲は、まだ若い頃から芽生えています。「若紫」は、瘧病《わらわやみ》を患った源氏が北山の老僧のところへ加持《かじ》を受けに行ったら、少女時代の紫の上と出会って目がハートに、という帖《じょう》。父の妻である藤壺との過ちを犯してしまっていた源氏としては、老僧の有り難い話を聞いているうちに、自分の罪深さが恐ろしくなってきます。「自分は一生、苦しむことになるのだろうなぁ。ましてや来世をや」と思うと、「出家生活したい……」となるのでした。

しかし、ここで出会った美少女のことを思うと、そちらのことに気を奪われて、出家のことなどすっかり忘れてしまうのです。時に源氏、十八歳。

正妻である葵の上が、六条御息所の生霊に取り憑かれて亡くなった時、源氏は二十二歳。この時も、妻を失った悲しみと六条御息所に対するウンザリ感とで、源氏は「いっそ出家?」と思うのですが、「でもまだ小さな子がいるし、無理だ」と、あっさり諦めます。そして出家どころか、妻の死の直後には、若紫と通じてしまうのです。

何かというと世の無常を観じて「出家したい」と思いながらも、「女が」とか「子供が」といったほだしにひきずられて、出家を先のばしにする、源氏。彼の姿は、「俺、会社を辞めようと思うんだよね……」

としょっちゅう口にしながらも、絶対に辞めない人に似ています。出家とは、生きながらにしてこの世から足抜けするという行為。いわば、世間に所属しなくなるということです。所属から離れるというのはちょっと格好良いことであるわけですが、色々と考え出すとできなくなってしまうわけで、源氏はその辺の逡巡《しゅんじゅん》ぶりが格好悪いのです。

対して源氏をとりまく源氏ガールズは、思い切りがいいのでした。「葵」の次の帖である「賢木《さかき》」では、源氏は相変わらず、朧月夜と密会してみたり、藤壺に再び迫ってみたりと、妻を失った悲しみなどすっかり失《う》せた様子を見せています。やはり藤壺への思いは断ちがたいようで、彼女から断られると大ショック。引きこもって、「生きているからこんな悲しみがあるのだ、いっそ出家してしまえば……」と、いつもの出家グセが出てきます。が、もちろん「でもあんな可愛い紫の上が自分を頼っているのに、それを捨てて出家するのは難しいよなぁ」と、決して出家はしないのです。

源氏にとって出家を思うことは、落ち込んだ時の一種のプレイなのでした。対して、義理の息子である源氏から迫られ、「しかし子供のことを思えば、後ろ盾である源氏を邪険に扱うこともできないし……」と困惑した藤壺は、出家を決意します。

そうとも知らぬ源氏は、「自分がこんなに落ち込んでいるということを藤壺に見せ付けてやろう」と、あてつけがましく寺に参籠《さんろう》。ここでも「なんで俺、出家できないんだろう……でもやっぱり紫の上のことを思うと……」と、だらだら考えながら自分にうっとりしているのですが、そうこうしているうちに藤壺はすっぱり出家して、皆を驚かせるのでした。

源氏をあれだけ悩ませた六条御息所も、死の直前には出家します。斎宮となった娘について伊勢に行っていた六条御息所は、娘とともに帰京後、病に倒れます。伊勢にいた頃は、娘が神に仕えていた身ということで仏道修行もできなかったので、来世の報いが恐ろしいと、すっぱり出家。そして彼女は、自分亡き後のことを源氏に色々と頼んでから、没するのでした。

六条御息所の後には、空蟬も出家しています。空蟬といえば、源氏から犯されるように一度関係を持った後は、源氏からするりと逃げてきた人。その後、彼女は夫とともに地方に赴任した後に帰京した時、源氏とすれ違ったのです。すると源氏はまたぞろ、彼女との関係を復活させようとするのですが、そんな源氏に空蟬はうんざり。夫の死後はその子供達にも迫られて、「ああもうっ!」と出家した空蟬は、逃げ上手な人と言っていいでしょう。

このように源氏ガールズは、源氏との仲がにっちもさっちもいかなくなると、ひらりと出家するのです。出家を宣言して髪を切れば(剃髪《ていはつ》するわけではなく、尼そぎという、肩の辺りで切り揃えるスタイル)、源氏はもう手出しをすることはできませんし、嫉妬に苦しむこともなくなる。出家は源氏というやっかいであるけれど魅力的な男性にとりつかれてしまった女性にとっての、最後の逃げ込み先だったのです。

では、源氏から最も大きな喜びを与えられるとともに、最も大きな苦しみを与えられたとも言える紫の上は、出家をしたくならなかったのでしょうか。

当然、紫の上も出家志望です。女三の宮が源氏と結婚した後、紫の上が三十代後半になると、彼女は度々出家の希望を抱くようになるのです。傍《はた》から見れば源氏との仲は睦まじいけれど、紫の上の胸の中には、「女三の宮様は、地位のあるお方で正妻の身。対して私は、何となく一緒に居続けているだけ。だんだん年もとってくるし、そうしたらいつまでも寵愛を受けてはいられまい」という不安が渦巻いているのです。

思い切って紫の上が源氏に出家の希望を打ち明けてみても、

「何を言っているのだ、私だって出家したい気持ちがあったのに、あなたのことを思ってとどまってきたのだ。私が出家した後に、どうとでもお考えくださいよ」

と、軽くあしらわれる。さらには、

「あなたは、私が須磨へ行った時の別れ以外は、特に悲しいこともない人生ですよねぇ。高い身分の方々だって、どうしても悩みはつきまとうものだのに、あなたはずっと、深窓のお嬢様気分で暮らしてきた。人より恵まれた運勢だということが、わかってますか？」

と、「俺のお陰で幸せだったろう」的な発言まで。

今時の女性だったら、この発言を聞いて「はァ？　今までアンタのせいで私がどれだけつらい思いをしたか、わかってんの？　今のこの状況だってどうよ？」とくってかかるところでしょうが、紫の上は、

「そうですよね……、でも何だか、いつも悲しくて……」

と、言い残したいことたっぷりの様子を見せるだけ、なのです。

そうこうしているうちに紫の上は、病に倒れます。どうやらこれも、六条御息所の

仕業らしい。命も危ぶまれるほどの病状に、紫の上は出家を願い出ますが、源氏はこの期におよんでまで正式に出家をさせず、在家信者のしるしである五戒を受けさせるのみ。

やがて紫の上は小康を得るのですが、体調が優れぬままに何年かがたちます。その間も出家を申し出ますが、源氏は受け入れない。そうこうするうちに病は進み、彼女はとうとう亡くなってしまうのでした。

源氏は、出家の望みを叶えてあげられなかったことを悔やみ、せめて死後でも髪を下ろさせてやりたい、と息子の夕霧《ゆうぎり》に言うのですが、夕霧は「髪を下ろした姿に、ただ悲しみばかりが増すのはいかがなものでしょうか」と、受け入れない。結局、生きている間のみならず、死してなお出家の望みが叶えられない紫の上は、源氏がくり出す華やかな蜘蛛《くも》の糸に守られているようでいて、最後までがんじがらめになったままの人生だったと言っていいでしょう。

最愛の紫の上を亡くして源氏がようやく出家をするかといったら、それも違うのです。紫の上の死によって、当然ながら出家したい病がぶりかえすのですが、「でも、紫の上の死を悲しむあまり出家したと思われたら世間体が悪い……」と、人聞きを憚《はばか》って出家中止。ここでもまた、出家プレイが繰り返されるのみなのでした。

紫の上の死に先立って、もう一人印象的な出家をしている女性がいて、それが女三の宮です。彼女は源氏の正妻として輿入れしながら、柏木と通じてそれが源氏にばれてしまったわけですが、柏木との子を産んだ後、彼女は父・朱雀院にすがって、力業《ちからわざ》で出家してしまうのです。

女三の宮は、結婚してからずっと源氏に、「つまらない、張り合いの無い女……。でも結婚してしまったし、朱雀院の手前、仕方ないか」と、通りいっぺんの扱いしか受けていなかったわけです。そんな源氏に対して、柏木との密通は手痛いしっぺ返しとなったのですが、落とし前として出家という手段を選んだことは、彼女としては大ヒット、と言うことができましょう。

彼女の出家は、死してなお嫉妬に苦しむ六条御息所の怨霊《おんりょう》がさせたこと、となっていますが、しかしそれは女三の宮にとって賢明な判断でありました。源氏からは愛されていない。柏木との不義の子を産んでしまったが、柏木との将来の見通しなど、あるはずがない。……となったら、彼女の生涯の中で初めて、自分の意志というものを通して、出家するしかないではありませんか。

女三の宮の出家に、落ち込む源氏。時を前後して、現世での楽しいことが大好きで、いかにも出家などしなそうな朧月夜までもが出家。

源氏はつまるところ、「とり残される男」なのでした。彼は、どんな女の気持ちをもとろけさせる「モテる男」でもあるのですが、全ての女性を苦しませたが故に、彼女達は出家するか、先に死ぬかして、源氏から逃れていったのです。主要源氏ガールズの中で、人生の結末がはっきり記されていないのは、明石の君、末摘花、花散里《はなちるさと》くらい。

源氏を「とり残される男」にすること。それは、作者・紫式部の、源氏に対する最大の復讐なのだと思います。源氏のような男に苦しめられる女性達をたくさん見てきた彼女は、自身もまた苦しんだ経験を持つのであり、その気持ちを、物語の中で晴らしたような気がします。

潔く出家していく女性達の姿は、彼女の理想でもあったことでしょう。どうしようもなくなった時、すっぱりと出家できたらどんなにいいだろうと、紫式部も何度も思ったのではないか。今を生きる私達にとっても、出家という逃げ場が身近にあるという状態は少し羨ましいものなのであり、「私もこの時代に生きていたら、あんな時やこんな時、出家していたかも……」と思ってみるもの。

そして、源氏。「御法《みのり》」の帖で彼は紫の上に先立たれ、悲しみながらも「でも世間体が」などと出家をしないでいましたが、次の「幻《まぼろし》」においては、着々と出家の準備を進めていきます。時に源氏、五十二歳。愛する人々は、亡くなったり出家したりし、ほだしとなるものは、もうありません。「さすがの源氏も、とうとう出家か」と読者に思わせて「幻」は終わり、次の「雲隠《くもがくれ》」は、タイトルだけがあって、本文の無い帖。つまり、源氏の死を表します。物語はさらに続きますが、源氏の人生は、ここに終わるのです。

紫式部が出家をしたかどうかは、記録に残っていません。が、物語を読んでいると、彼女も最終的には出家をしたのではないかと思えてくるのです。決して外向的ではなく、色々なことを気にする性格だった紫式部。愛欲からも、仕事からも、世間の評判からも離れて、生きながら世間から足抜けしている出家という状態は、彼女にとって幸せなものだったのではないかと、思うのでした。

# あとがき

私が古典文学に目覚めたのはずいぶん遅く、三十歳を過ぎてからのことでした。学生時代は、古文の授業が始まると同時に意識が遠退き、つまりは熟睡態勢に入っていた私。昔書かれた文章の意味が全くわからず興味も湧かなかったのですが、大人になってから「古典とはいえ、同じ日本語」と思って手に取ってみると、これが面白いのです。

私が最も衝撃を受けたのは、平安時代の女性も今を生きる私達も、実は同じことを考えていた、という事実でした。学生時代は、千年前の貴族女性というとあまりにも遠い存在すぎて、同じ人間とは思えなかったのです。しかし彼女達も私達と同じ感情を持ち、十二単《ひとえ》の下で、悲しんだり喜んだり、嫉妬したりうっとりしたりしていたことが、古典の数々を読んでみると理解できるではありませんか。

そして私は俄然《がぜん》、平安時代の女性達に親しみを抱くようになったのでした。となった時にどうしても目の前に立ちはだかる巨人は、やはり紫式部です。千年もの間、読み続けられているあの『源氏物語』を書いた女性とは、いったいどんな人間だったのか……？

源氏物語は、様々な現代語訳が出ていますし、マンガにもなっています。皆さんも、そのどれかを読んだことがあるのではないでしょうか。私も最初は現代語訳で読んだのですが、その後ふと思ったのは、「原文で読んでみようか」ということ。そこに山があるから登ってみるか、という軽い気持ちで着手しました。

訳注を見ながら、そして古語辞典を引きながら、一日数ページずつ、日課のようにして読んでいくことにした私。しかし源氏物語は大部の著ですから、遅々として進みません。「果たして、本当に読み終える日が来るのであろうか」と途中で不安になりつつもゆっくりと読み続け、とうとう数年かかって読了したのです。

その時の達成感は、定期預金が満期になった時のそれと少し似ていたのですが、そんなことよりも読み終えた時、紫式部という一人の女性が、現代語訳を読んでいた時よりもぐっと身近に感じられるようになったことが、私にとっては財産となりました。原文に接していると、千年前、一本の筆を執ってこの物語を書いた紫式部の、体温や呼吸のようなものが、ごく身近に感じられるような気がしてきたのです。

すらすら読むことはできないながらも、源氏物語原文は、ものすごく面白かったのでした。まるで、自分の寝室に源氏が忍び込んできたような、そして自分が六条御息所《ろくじようのみやすどころ》の霊に襲われるような、そんな臨場感が感じられ、物語の中に引き込まれていく。「そうきたか……」「ひ、ひどい」「うまい！」などと思いながら読んでいくうちに、あまりの面白さにじーんとしびれて、深夜の天井を見上げながらその余韻を堪能したことが、何度あったことか。

そして私は、平安時代の読者の気持ちが、よくわかったのです。あの時代の宮中において、この物語がいかに熱狂的に支持されてきたか。彼女は、中宮・彰子《しようし》に出仕していた女房であったわけですが、彼女が紡ぎだす物語を、彰子も、帝も、女房仲間も、皆が夢中になって読んだことでしょう。

私は物語を書く者ではありませんが、物語作者に対して羨ましく思うのは、その作中において、様々な人物になることができる、という部分です。作者は、登場人物に託して、様々な人生を生きることができるのではないか、と。

紫式部もまた、源氏物語を書いている時、登場人物の身を借りて、様々な人生を生きたことでしょう。女性が、自らの思い通りに行動する自由を与えられていなかった時代に生まれた彼女はまた、自らの感情を素直に表に出すことができないタイプでもありました。複雑な人間関係が渦巻く宮中において、彼女の胸には、様々な感情が鬱《うっ》屈《くっ》していたことと思います。

しかし彼女の中に溜まったものは、書くという作業によって外にほとばしり出て、それが源氏物語として結晶化したのです。もし随筆として書いたならばあまりに生々しすぎる彼女の感情は、物語として書かれた時に絢爛《けんらん》と輝き、千年経った後も、その輝きは色褪《いろあ》せることがありません。作品が持つ輝きの強さこそが、彼女の感情の強さであったと、私は思います。

重い着物の下で紫式部が静かに発酵させてきた欲望の数々を思うと、私は彼女のことが怖くなる時があります。しかし同時に気付くのは、自分の中にも彼女と同じ欲望が渦巻いているということ。源氏物語を読むということは、私にとって、作者の欲望と自分の欲望を照らし合わせる作業でもあり、その符合を見るにつけ、千年前を生きた女性と自分とは同じ生身の人間であるという確信を、強くするのでした。

嫉妬、いじめ、復讐……といった欲求を胸に秘めているのは自分だけではなく、昔人も同じ。千年前にも同じようなことに思い悩んだ仲間がいたという事実は、日本女性にとって大きな幸福です。同時代を生きる友人のみならず、過去に生きた女性とも自らの心情を分かち合うことができるという幸福を教えてくれるのが、源氏物語。その作者に深い感謝を捧《ささ》げつつ、本書の終わりにしたいと思います。

酒井順子

# 『源氏物語』主要登場人物

**光《ひかる》　源氏《げんじ》**　桐壺帝第二皇子。母は桐壺更衣。

**桐壺帝《きりつぼてい》のち桐壺院《きりつぼいん》**　光源氏の父。

**桐壺更衣《きりつぼのこうい》**　光源氏の母。故按察使大納言《あぜちのだいなごん》の娘。源氏が三歳の時に病死。

**弘徽殿女御《こきでんのにょうご》のち弘徽殿大后《こきでんのおおきさき》**　桐壺帝の正妻。右大臣家の長女。第一皇子（後の朱雀《すざく》帝）をもうけ、朱雀帝即位後は皇太后となる。同名の頭中将の娘・冷泉《れいぜい》帝の妃とは別人。

**藤壺《ふじつぼ》**　桐壺帝の中宮。源氏の継母。桐壺更衣亡き後宮中に迎えられる。源氏と密通し、後の冷泉帝をもうける。

**葵《あおい》の上《うえ》**　源氏の正妻。左大臣家の娘。

**空蟬《うつせみ》**　伊予《いよ》の介《すけ》の後妻。

**夕顔《ゆうがお》**　三位《さんみ》の中将の娘。頭中将の愛人で、玉鬘をもうける。

**六条御息所《ろくじようのみやすどころ》**　桐壺帝の亡兄・前坊《ぜんぼう》の未亡人。秋好中宮の母。

**紫の上《むらさきのうえ》**　兵部卿宮《ひようぶきようのみや》（藤壺の兄）の娘。幼時に実母と死別。祖母亡き後、源氏に養育される。

**末摘花《すえつむはな》**　常陸宮《ひたちのみや》の娘。

**朧月夜《おぼろづきよ》**　右大臣家の娘。弘徽殿女御の妹。

**花散里《はなちるさと》**　桐壺帝の女御のひとり麗景殿女御《れいけいでんのにようご》の妹。

**明石の君《あかしのきみ》**　明石の入道の娘。源氏の帰京後、明石の姫君（のち明石中宮）をもうける。

**玉鬘《たまかずら》**　頭中将と夕顔との娘。後に髭黒大将《ひげくろのたいしよう》と結婚。

**頭中将《とうのちゆうじよう》のち内大臣《うちのおとど》、致仕大臣《ちじのおとど》**　左大臣家の息子で、葵の上の兄。右大臣家の四の君《よんのきみ》と結婚。玉鬘の父。

**夕霧《ゆうぎり》**　源氏と葵の上との息子。幼馴染みの雲居雁と結婚。

**雲居雁《くもいのかり》** 内大臣（もと頭中将）の娘。

**女三の宮《おんなさんみや》** 朱雀帝の第三皇女。源氏に降嫁。柏木と密通し薫をもうけたのち出家。

**柏木《かしわぎ》** 内大臣（もと頭中将）の息子。

**秋好中宮《あきこのむちゅうぐう》** 六条御息所の娘。

**匂宮《におうみや》** 今上帝《きんじょう》と明石中宮の息子。

**薫《かおる》** 柏木と女三の宮の息子。

**宇治《うじ》の大君《おおいきみ》・中《なか》の君《きみ》・浮舟《うきふね》** 源氏の異母弟・八の宮の娘。

# 『源氏物語』あらすじ

## I

カッコ内は光源氏の年齢（数え年）

**桐壺《きりつぼ》**（1～12歳）　桐壺帝の第二皇子を産んだ桐壺更衣が死亡。残された皇子は権力争いを避けるべく臣下に降ろされ源姓を賜り「光源氏」となる。帝は桐壺更衣に似た藤壺を女御に迎える。光源氏は元服したその夜に、左大臣家の娘・葵の上と結婚。

**帚木《ははきぎ》**（17歳）　光源氏の前で、葵の上の兄である親友の頭中将らが、女性談義に花を咲かせる。翌日、方違えした先で出会った人妻・空蟬と強引に契りを交わす。

**空蟬《うつせみ》**（17歳）　空蟬に拒まれた光源氏は、強行突破を図るも、空蟬は寝床に薄衣を残して消えていた。

**夕顔《ゆうがお》**（17歳）　夕顔の咲く家の女と、光源氏は互いの素性を明かさぬまま逢瀬を重ねるが、女はもののけに取り憑かれ急死する。

**若紫**《わかむらさき》（18歳）　光源氏は藤壺に似た少女（後の紫の上）を発見。藤壺の姪である少女を手許に引き取ることに。一方で、憧れの藤壺とついに一夜を過ごし、藤壺は妊娠する。

**末摘花**《すえつむはな》（18〜19歳）　亡き常陸宮の姫君の噂を聞いた光源氏は、期待して娘と会うが、髪だけは美しくとも鼻が末摘花（紅花《べにばな》）のように赤い醜女だった。

**紅葉賀**《もみじのが》（18〜19歳）　朱雀院への行幸で光源氏と頭中将が青海波《せいがいは》を舞って評判に。藤壺が光源氏の息子である皇子（後の冷泉帝）を出産する。源氏と生き写しの皇子を前に、実父が光源氏だとばれないか、藤壺とともに怯える。

**花宴**《はなのえん》（20歳）　桜の宴の後、藤壺を求めながら後宮を徘徊していた光源氏は、弘徽殿の細殿《ほそどの》に忍び込み、見知らぬ女と一夜を過ごす。東宮《とうぐう》（後の朱雀帝）の婚約者・朧月夜だった。

**葵**《あおい》（22〜23歳）　桐壺帝が譲位、朱雀帝が即位し、藤壺と光源氏の子が東宮となる。葵祭では、光源氏の愛人・六条御息所の車に、葵の上の供人が狼藉をはたらく。夕霧を産んだ葵の上は、六条御息所の生霊にとり殺される。喪が明けて、光源氏と紫の上が結ばれる。

**賢木**《さかき》（23～25歳）　六条御息所、娘の斎宮《さいぐう》と伊勢に下向。桐壺院崩御、藤壺は出家。光源氏の手がついたために、格下げされ尚侍《ないしのかみ》として朱雀帝のもとに入った朧月夜は、光源氏との密会を父である右大臣に目撃される。怒った右大臣派は光源氏追い落としを目論む。

**花散里**《はなちるさと》（25歳）　光源氏は、故桐壺帝に仕えた麗景殿女御とその妹・花散里を訪ね、昔を懐かしむ。

**須磨**《すま》（26～27歳）　右大臣一派から流罪の決定が出される前に、光源氏は自ら須磨へ下る。宰相中将《さいしようのちゆうじよう》となった親友の頭中将だけは、右大臣家の婿でありながら須磨の光源氏のもとを訪れる。

**明石**《あかし》（27～28歳）　暴風雨に襲われた光源氏は、明石に移る。明石の入道の娘・明石の君が光源氏と結ばれ妊娠。一方、都では朱雀帝が眼病を患い、右大臣から出世していた太政大臣が死亡。光源氏を重んじるようにとの桐壺院の遺言を守らなかったためと反省した朱雀帝は光源氏を都に呼び戻す。

**澪標**《みおつくし》（28〜29歳）　朱雀帝が譲位。藤壺と光源氏の子が即位し、冷泉帝となる。光源氏、内大臣へ昇進。女児を産んだ明石の君のもとに乳母《めのと》を派遣する。紫の上が明石の君に嫉妬。六条御息所が死に、光源氏はその娘（後の秋好中宮）を養女に迎える。

**蓬生**《よもぎう》（28〜29歳）　光源氏は、通りがかりのあばら家が末摘花の家と知り訪問する。長らく放っておいたことを反省。

**関屋**《せきや》（29歳）　夫の東国赴任が終わって帰京する途中の空蟬は、逢坂《おうさか》の関で石山寺詣での光源氏と偶然に再会。

**絵合**《えあわせ》（31歳）　故六条御息所の娘が冷泉帝に入内、梅壺女御《うめつぼのにょうご》（後の秋好中宮）となる。梅壺女御（源氏の養女）派と弘徽殿女御（権中納言《ごんちゅうなごん》となった頭中将の娘）派とが、絵を持ち寄って競い合う。

**松風**《まつかぜ》（31歳）　光源氏は二条東院を建てて花散里を住まわせる。光源氏の娘を出産し都に呼ばれた明石の君は遠慮して郊外に住む。

**薄雲**《うすぐも》（31〜32歳）　光源氏は、明石の君の娘を紫の上の養女とする。藤壺が亡くなり光源氏は泣き暮らす。実父が光源氏と知った冷泉帝は、光源氏に譲位を持ちかけるが辞退。

**朝顔**《あさがお》（32歳）　光源氏はいとこの朝顔を頻繁に訪ね求婚するが断られる。光源氏の行動に紫の上は思い悩む。

**少女**《おとめ》（33～35歳）　夕霧（源氏の息子）と雲居雁（内大臣となった頭中将の娘）は幼馴染みで相思相愛だったが、娘を東宮に嫁がせたい内大臣に引き離される。夕霧、元服。光源氏は、完成した六条院に、紫の上、花散里、秋好中宮、明石の君を住まわせる。

**玉鬘**《たまかずら》（35歳）　光源氏は、かつての頭中将と故夕顔との子・玉鬘を、養女として六条院に引き取る。

**初音**《はつね》（36歳）　正月に、光源氏は六条院の女達を歴訪。二条東院に引き取っていた末摘花と空蝉にも挨拶する。

**胡蝶**《こちょう》（36歳）　多くの男達が玉鬘に夢中になる中、養父である光源氏までが言い寄る。

**蛍**《ほたる》（36歳）　光源氏は玉鬘に惹かれつつも、異母弟の蛍兵部卿宮と玉鬘のデートでは蛍を放つという演出をする。

**常夏**《とこなつ》（36歳）　夕霧と雲居雁の結婚を巡り、光源氏と内大臣が意地を張って対立。玉鬘の素性を知らないまま娘を探していた内大臣は、娘として名乗り出た近江《おうみ》の君《きみ》が粗暴なので困惑する。

**篝火**《かがりび》（36歳）　光源氏は玉鬘に執心し、玉鬘も心を開く。

**野分**《のわき》（36歳）　台風の見舞いに六条院を訪れた夕霧が、紫の上を垣間見て一目惚れ。光源氏と玉鬘が抱き合っているところまで覗き見る。

**行幸**《みゆき》（36〜37歳）　大原野《おおはらの》に行幸した冷泉帝を見て、玉鬘は憧れる。光源氏と内大臣は仲直りし、玉鬘の裳着《もぎ》では内大臣が介添えする。

**藤袴**《ふじばかま》（37歳）　玉鬘は、尚侍としての参内が決まる。玉鬘が実の姉ではないと知った夕霧は早速言い寄る。

**真木柱**《まきばしら》（37〜38歳）　玉鬘を手中にしたのは、髭黒大将。大将の最初の妻は嫉妬のあまり大立ち回りを演じ離婚となる。予定通り宮中に出仕した玉鬘は、光源氏と引き離したい髭黒大将に強引に呼び戻される。

**梅枝**《うめがえ》（39歳）光源氏と明石の君との娘・明石の姫君の東宮への入内《じゅだい》が決まり、光源氏はその準備に忙しい。

**藤裏葉**《ふじのうらば》（39歳）内大臣は夕霧を藤の花見に招待し、夕霧は晴れて雲居雁と結婚。光源氏は准太上天皇《じゅんだいじょうてんのう》の地位を賜る。

## 『源氏物語』「桐壺」〜「藤裏葉」主要人物系図

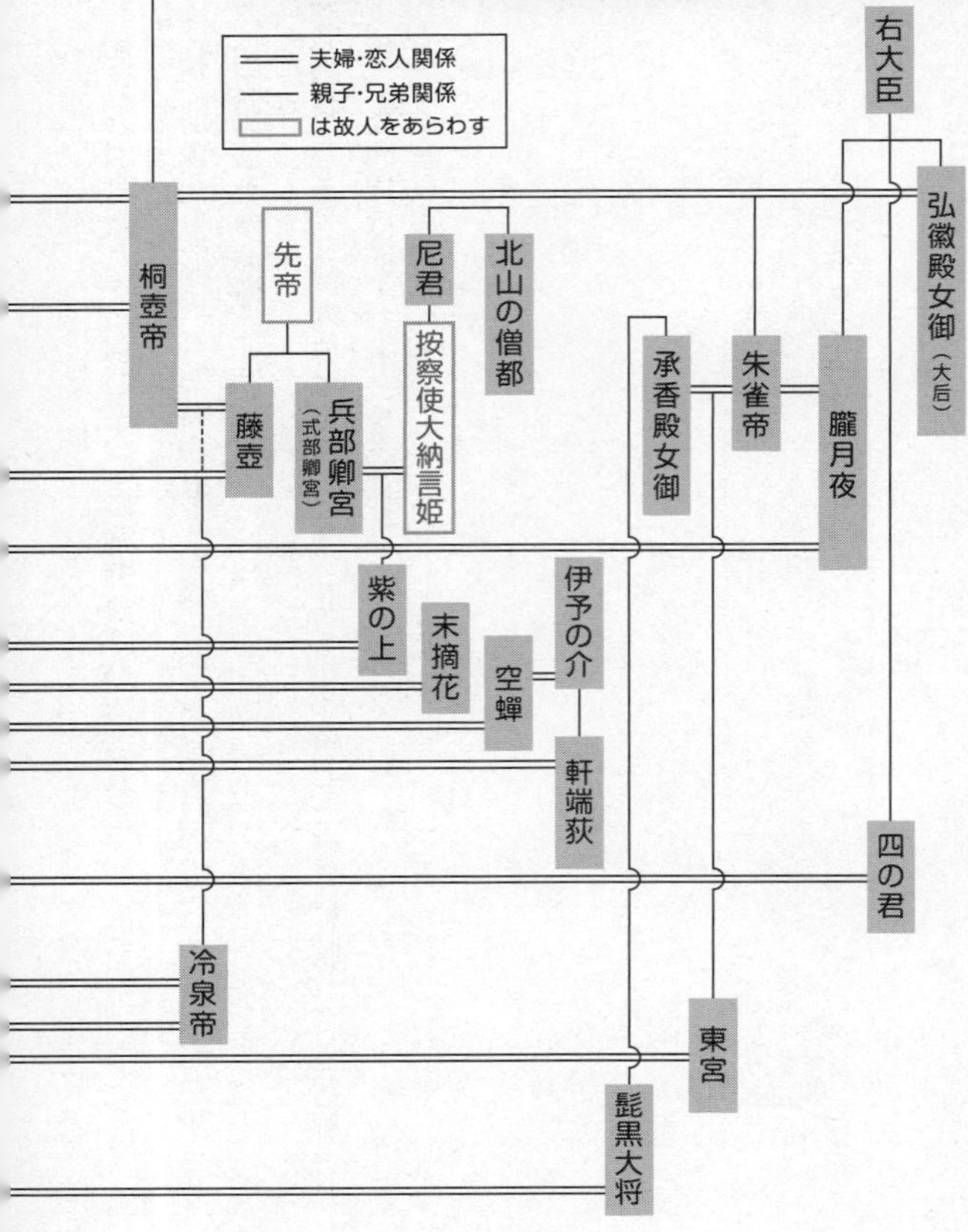

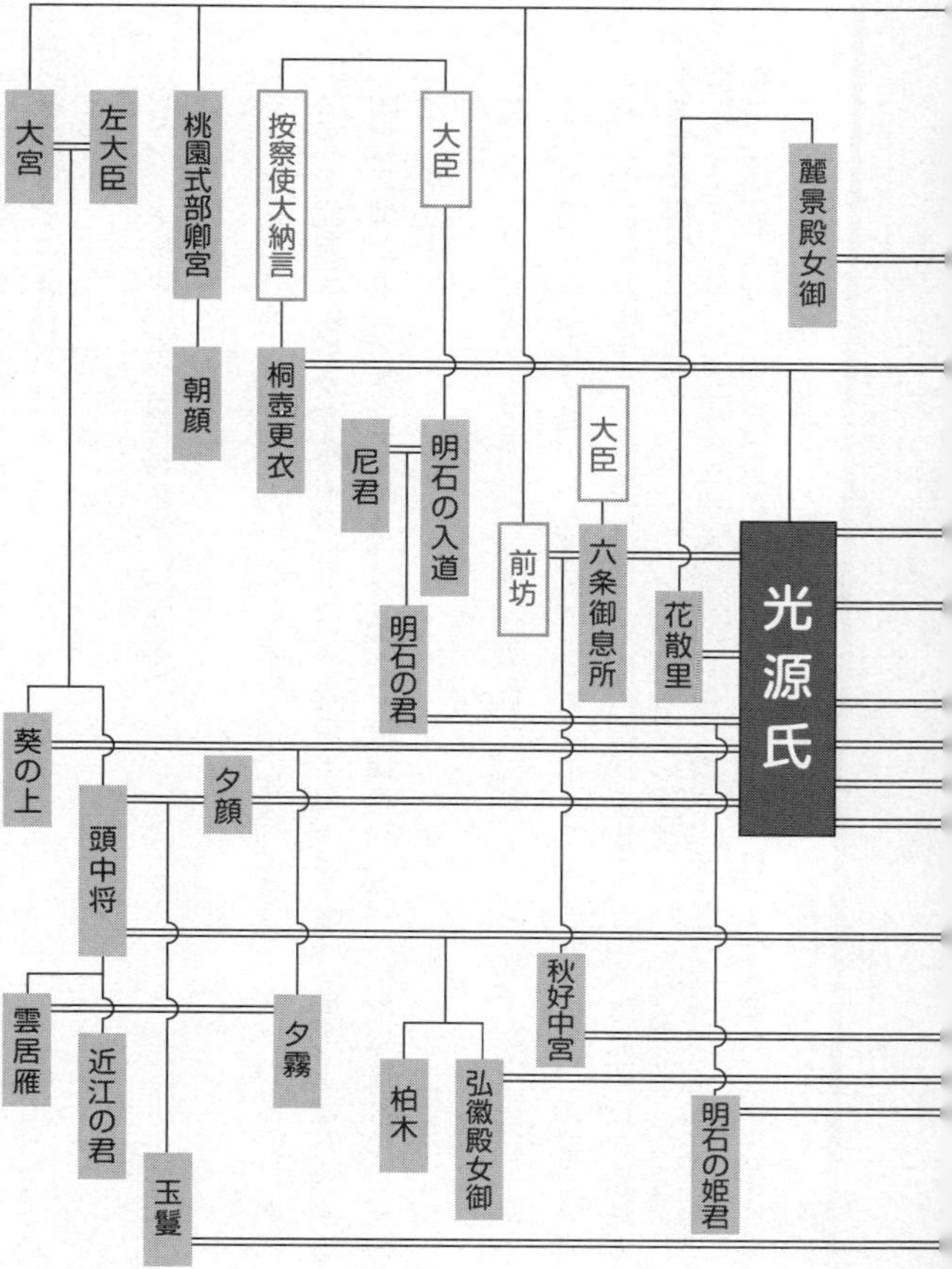
大宮
左大臣
桃園式部卿宮
按察使大納言
大臣
麗景殿女御
朝顔
桐壺更衣
尼君
明石の入道
大臣
前坊
六条御息所
花散里
光源氏
明石の君
葵の上
夕顔
頭中将
秋好中宮
雲居雁
近江の君
夕霧
柏木
弘徽殿女御
明石の姫君
玉鬘

# 『源氏物語』あらすじ

## Ⅱ　カッコ内は光源氏の年齢（数え年）

**若菜《わかな》 上《じょう》**（39～41歳）　病のため出家を決めた朱雀院は愛娘・女三の宮の処遇に苦慮。光源氏は彼女が藤壺の姪という理由で降嫁を承諾。紫の上は苦悩する。明石女御が東宮の若宮を出産。六条院で蹴鞠をしていた柏木は憧れの女三の宮を垣間見る。

**若菜《わかな》 下《げ》**（41～47歳）　冷泉帝が退位、明石女《あかしのにょう》御《ご》の産んだ皇子が東宮に。紫の上が危篤となるも祈禱《きとう》で一命をとりとめる。その間に柏木が女三の宮と密通。女三の宮は妊娠する。光源氏は、二人の密通を知る。柏木は光源氏を恐れるあまり病気になる。

**柏木《かしわぎ》**（48歳）　女三の宮は薫を出産するが、光源氏に冷たくされ、父・朱雀院に願い出て出家。柏木は夕霧に遺言を残し死去。夕霧は柏木の未亡人・落葉《おちば》の宮《みや》を見舞い心惹かれる。

**横笛**《よこぶえ》（49歳）　夕霧が落葉の宮の母、一条御息所《いちじょうのみやすどころ》に柏木の形見の横笛をもらった夜、夢枕に柏木が立つ。夕霧に相談された光源氏は、柏木の笛を薫に伝えるべく預かり、柏木の遺言について聞かれてもはぐらかす。

**鈴虫**《すずむし》（50歳）　光源氏は女三の宮の御殿の庭を野原風に仕立てて、夕霧や蛍兵部卿宮と合奏していると、冷泉院から月見の誘いがかかる。

**夕霧**《ゆうぎり》（50歳）　夕霧は落葉の宮に言い寄り、朝まで過ごすが事には及ばず。落葉の宮の母・一条御息所が心配して夕霧に手紙を出すが、雲居雁に奪われて返事が遅れ、御息所は悲嘆のうちに死去。夕霧は落葉の宮と強引に結婚。怒った雲居雁は実家に帰る。

**御法**《みのり》（51歳）　病状悪化の紫の上が、光源氏と明石中宮に看取られて亡くなる。光源氏は悲嘆にくれる。

**幻**《まぼろし》（52歳）　抜け殻状態となった光源氏は出家を決意、紫の上の手紙などを焼く。

**雲隠**《くもがくれ》　題名だけで、本文が無い帖。光源氏の死を暗示する。

# 『源氏物語』「若菜」〜「雲隠」主要人物系図

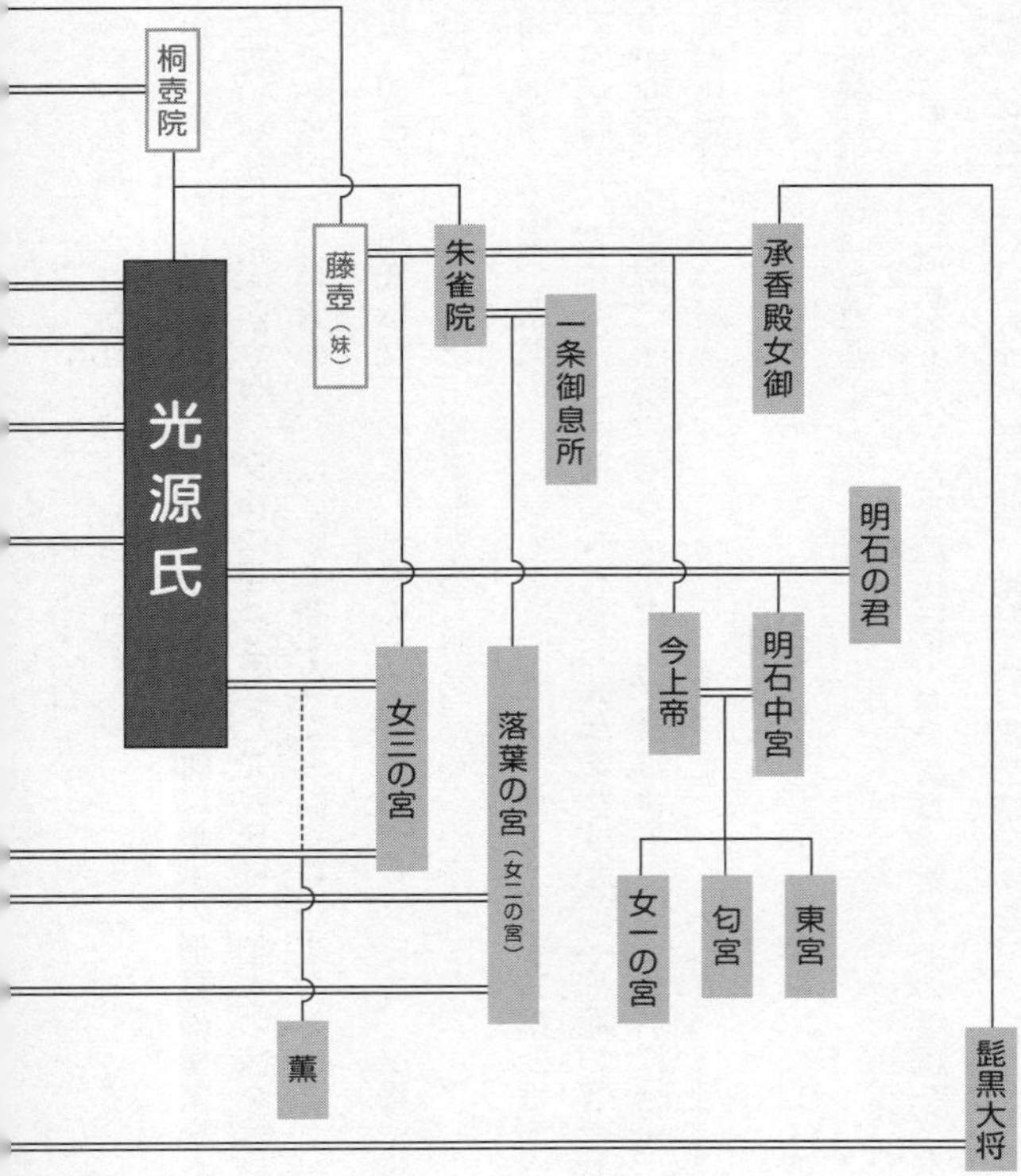

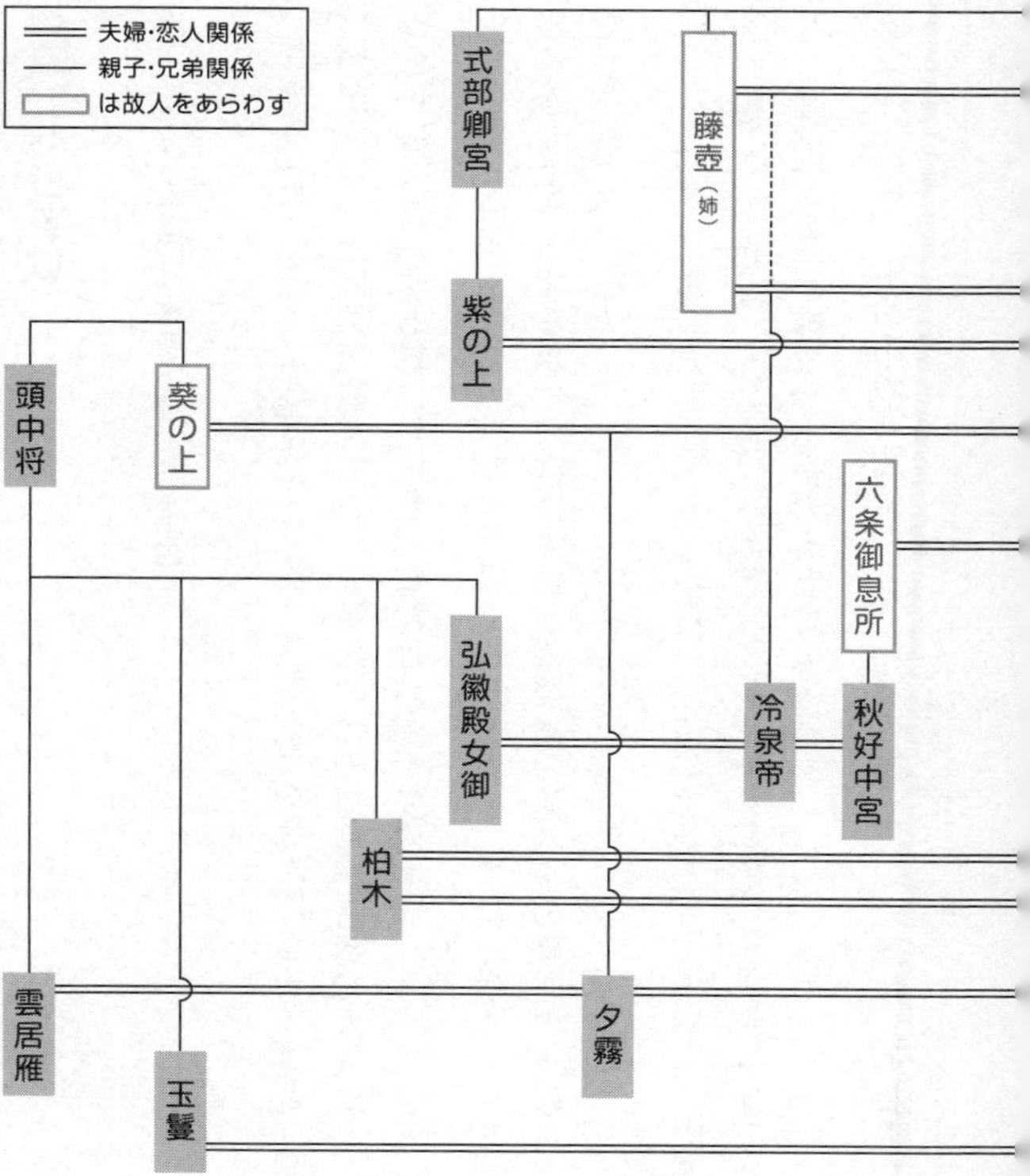
夫婦·恋人関係
親子·兄弟関係
は故人をあらわす
式部卿宮
藤壺（姉）
紫の上
頭中将
葵の上
六条御息所
弘徽殿女御
冷泉帝
秋好中宮
柏木
雲居雁
夕霧
玉鬘

# 『源氏物語』あらすじ

## Ⅲ

カッコ内は薫の年齢（数え年）

**匂兵部卿**《におうひょうぶきょう》（14～20歳）　光源氏亡き後、女三の宮が産んだ息子・薫と、明石中宮が産んだ今上帝第三皇子であり光源氏の孫の匂宮が宮廷で人気に。生まれつきいい香りがする薫に対抗し、匂宮はお香を愛用する。

**紅梅**《こうばい》（24歳）　故柏木の弟・紅梅大納言（按察使大納言）は、娘の一人を匂宮に縁付かせようとするが、匂宮は大納言の後妻の連れ子の姫君の方に気があった。

**竹河**《たけがわ》（14～23歳）　未亡人となった玉鬘は、三男二女を育てていた。夕霧の息子・蔵人少将《くろうどのしょうしょう》は、碁を打つ玉鬘の長女を覗き見て、一目惚れする。しかし、姉は冷泉院、妹は今上帝のもとに入る。

**橋姫**《はしひめ》（20～22歳）　宇治山の阿闍梨《あざり》から八の宮の話を聞いた薫は、しばしば宇治に通ううち山里で仏道修行する叔父・八の宮と意気投合するも、その娘・大君と中の君を垣間見て、一目惚れ。八の宮からは姉妹の行く末を頼まれ、同家に仕える老女からは、実父が柏木と知らされる。

**椎本**《しいがもと》(23〜24歳) 匂宮も八の宮の娘達に興味津々、中の君と手紙のやり取りをする。八の宮が娘達の後見を薫に託して亡くなり、薫は大君に告白するものの、相手にされず。

**総角**《あげまき》(24歳) 薫は大君に言い寄るが、大君は自分の代わりに中の君との結婚を薦める。薫は中の君と匂宮を近づけることに成功するが、その仕打ちに大君は心を閉ざす。匂宮への不信から中の君を気遣いながら、大君死去。

**早蕨**《さわらび》(25歳) 中の君は匂宮のもとに迎えられ二条院に入る。薫は大君が忘れられず中の君を訪ねる。

**宿木**《やどりき》(25〔24〕〜27〔26〕歳) 匂宮は、夕霧の娘・六《ろく》の君《きみ》と結婚。中の君は苦悩しつつも、匂宮の子を産む。薫は、中の君に未練を残しつつ、今上帝の女二《おんなに》の宮《みや》と結婚するが、大君によく似た浮舟が現れ心を移す。

**東屋**《あずまや》（27［26］歳） 浮舟は、異母姉・中の君のいる二条院に一時的に身を寄せるが、事情を知らぬ匂宮に言い寄られ姿を隠す。その浮舟を今度は薫が宇治に囲う。

**浮舟**《うきふね》（28［27］歳） 匂宮は薫のふりをして浮舟と契り、その後も逢瀬を重ねる。それを知った薫は浮舟を責める。煩悶した浮舟は宇治川への入水を決意。

**蜻蛉**《かげろう》（28［27］歳） 遺体が見つからないまま浮舟の葬儀が執り行われる。匂宮は病気になり、薫は新たな女に惹かれたりするが、自分の女運のなさを実感する。

**手習**《てならい》（28［27］〜29［28］歳） 死んだはずの浮舟は、宇治で倒れていたところを横川僧都《よかわのそうず》に助けられ、素性を明かさぬまま出家していた。僧都から話を聞いた明石中宮は、浮舟だと思い薫に伝える。

**夢浮橋**《ゆめのうきはし》（29［28］歳） 薫は横川僧都のもとにいる浮舟に手紙を送るが突き返され、浮舟に男がいると邪推する。

## 『源氏物語』「匂兵部卿」〜「夢浮橋」主要人物系図

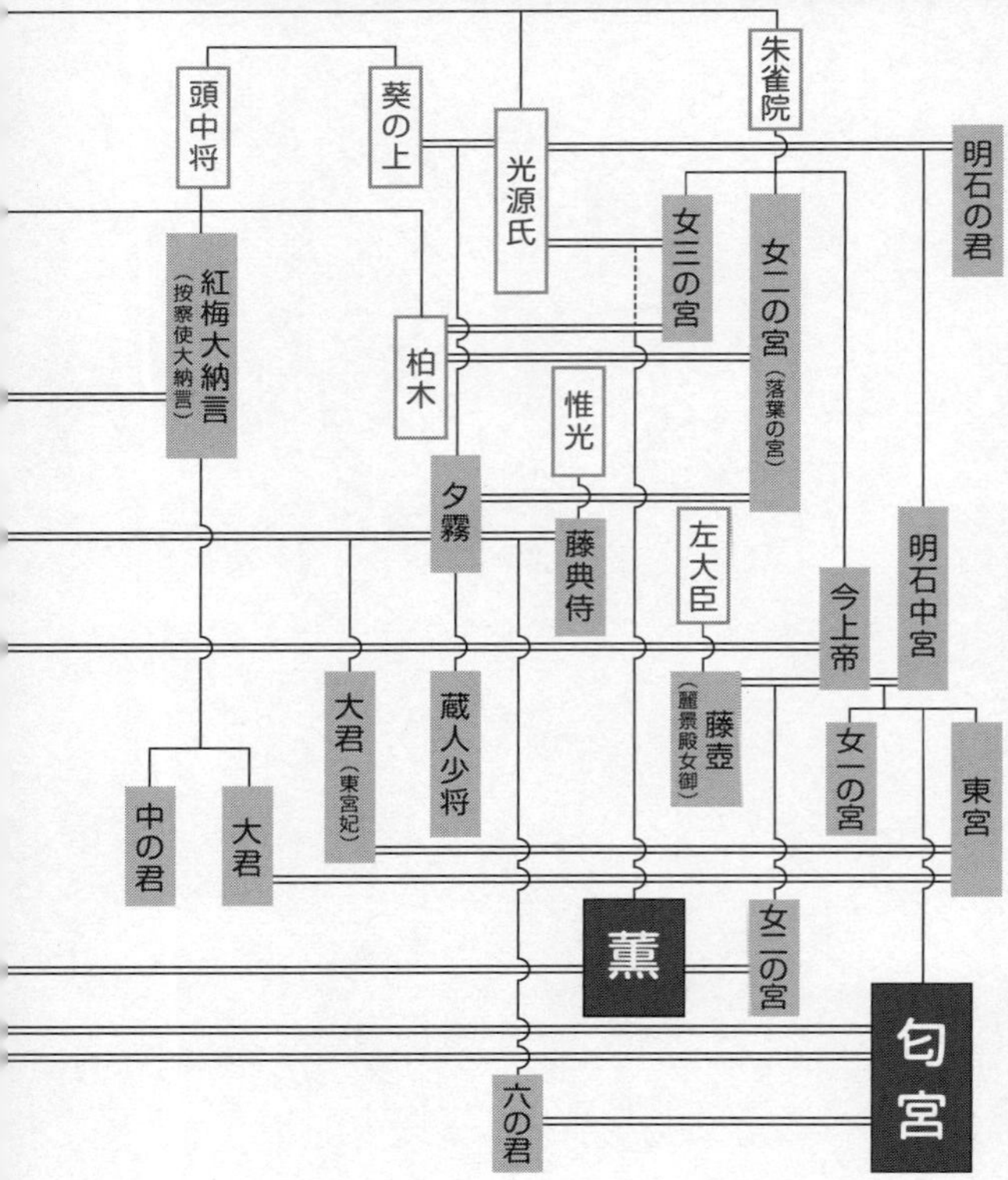

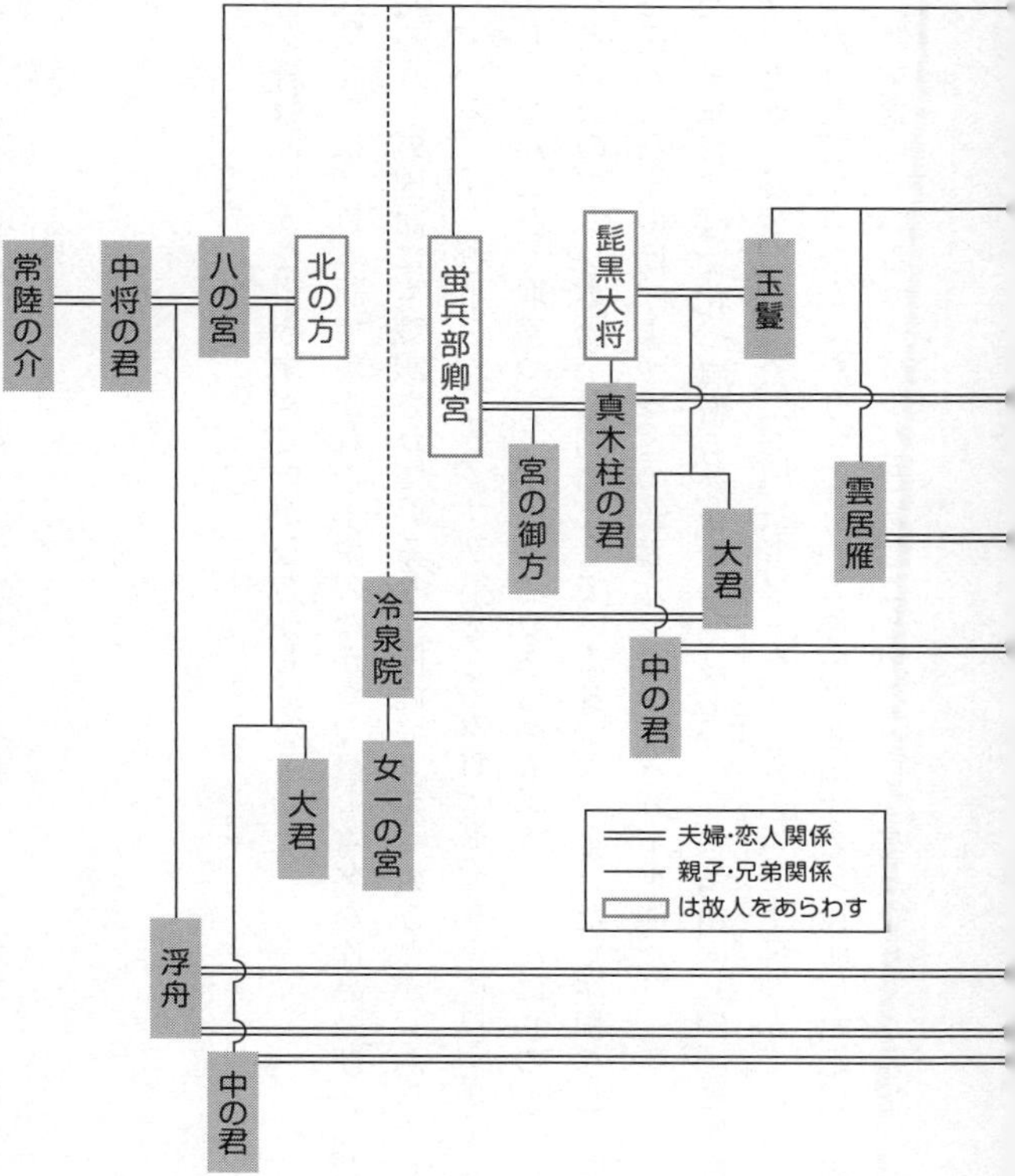
常陸の介
中将の君
八の宮
北の方
蛍兵部卿宮
髭黒大将
玉鬘
真木柱の君
宮の御方
雲居雁
大君
冷泉院
中の君
大君
女一の宮
浮舟
中の君
夫婦·恋人関係
親子·兄弟関係
は故人をあらわす

# 解説

三浦しをん

本書を読むと、うなずきすぎて首がむちうちになる。

『源氏物語』は、日本語で書かれた小説のなかで、最も有名な作品のひとつと言っていいだろう。外国語にも翻訳されているし、国内でも多くのひとが、あらすじぐらいは知っている。「光源氏《ひかるげんじ》という貴公子が、多くの女性と恋を繰り広げる話でしょ」と。

しかし、なんとなく取っつきにくい作品であるのも事実だ。なにしろ千年まえに書かれたものなので、日本語を母国語としている身でも、まったく注釈なしで原文をすらすら読みこなすのは、よっぽどの教養人でないかぎり不可能だ。

また、千年経てば文化や風習も変化するわけで、「なぜ結婚成立の証《あかし》に餅《もち》を食べるんだ?」とか、「この男、女の寝所に忍びこんで、強引にコトに及んでいる!」とか、謎《なぞ》だったり共感できなかったりする行いも作中に頻出する。役所に婚姻届を提出した直後に餅を食べているカップルなど見たことがないし、恋人でも夫でもない男が寝室に侵入してきたら「ギャーッ」と叫んで一一〇番通報する。『源氏物語』は、現代人の感覚からすると「わけわからん」出来事に満ちているのだ。

結果として、「難解で、いまを生きる私たちからは遠いところにある話」と思われてしまいがちなのが『源氏物語』だ。もちろん、実際に味わってみれば、多彩な登場人物たちはそれぞれ魅力的だし、かれらが紡ぎだす心理の綾《あや》には、現代人が読んでも胸打たれるものがある。「こういうひとって、いるなあ」とか、「こんな気持ちに私もなったことある！」とか、ハラハラドキドキ楽しめる。だからこそ、『源氏物語』は名作として読み継がれてきたのであり、解説書や現代語訳や漫画が、いまもたくさん出版されているのだろう。

そのなかでも本書は、めずらしい視点から『源氏物語』を読み解いている。「めずらしい視点」とは、「『源氏物語』の著者である紫式部《むらさきしきぶ》の『欲望』に注目する」ということだ。

『源氏物語』があまりにも有名で、原文を読むとまではいかなくとも、現代語訳や漫画で親しんでいるがゆえに、私たちはついつい、「ちょっと（どころじゃなく）身分が高くて美形だからって、光源氏ったらイイ気になって女遊びしすぎだよね」とか、「葵《あおい》の上《うえ》って、いまで言うツンデレ（デレは死の直前のみだが）だよね」とか、登場人物を実在の人間のように語ってしまいがちだ。それぐらい生き生きとした登場人物たちだということで、『源氏物語』が持つ底力の証《あかし》でもあるのだが、「この作品を書いたひと」が存在する、という事実を忘れてしまっていたのではないか。

『源氏物語』には、それを書いた紫式部の思いや考え、「欲望」が、当然こめられているはずだ。本書の著者である酒井順子さんは、そのことを読者にそっと提示してくれる。すると、どうだろう。「欲望」という視点から読み解くことによって、「千年まえに書かれた、遠いところにある話」だった『源氏物語』が、いまを生きる私たちにとって、みるみる身近な話に感じられてくる。それもあたりまえで、文化や風習が変わっても、ひとの心のなかの「欲望」は、いまも昔も変わらないものだからだ。

どんな「欲望」が本書で取りあげられているのか、まずは目次をご覧いただきたい。「プロデュースされたい」「モテ男を不幸にしたい」「専業主婦になりたい」「乱暴に迫られたい」などなど。項目だけ読んでも、「同感！」「イタタタ」と、我が身のうちにもある「欲望」に気づかされる。こんな身近な「欲望」に基づいて書かれたのが『源氏物語』なのかと思うと、俄然《がぜん》興味が湧《わ》いてくるというものだ。

そこへさらに、酒井さんがユーモアあふれる解説をしてくれるのだから、『源氏物語』がいっそう身近に、紫式部が友だちのように、感じられてくるのだった。私が

「ぶほっ」と噴きだしてしまったのは、光源氏を「ボロ屋萌《も》え」の男と評している箇所で、言い得て妙！　ボンボンの光源氏は、物珍しさも手伝ってか、みすぼらしい家に住む女にグッとくる性癖があるようで、たしかに作中で何回か、「こういうところに、いい女がいるもんなんだよ」とボロ屋に吸いこまれていっています。

「ボロ屋萌え」という酒井さんの素晴らしい指摘によって、私もちょっと思い出したことがある。お金に苦労したことのない某新婚男性から、「結婚の決め手となった出来事」を聞いたのだが、「デートの際、彼女がタクシーを断り、電車に乗って帰っていったから」と言うのだ。にわかには意味が摑《つか》めなかったのだが、彼がそれまでつきあってきた女性たちはみんな、デートのあと、当然のようにタクシーで帰ったとのこと（タクシー代はむろん、彼からせしめる）。

どんな女とつきあっとったんじゃい！　ていうか、それほんとにつきあってたのか？　金づる扱いされてただけだろ。と思うのだが、うなるほど金を持ってるひとにとっては、「電車で移動する」というごく当然の行いも、まぶしく新鮮に映るものらしい。光源氏が「ボロ屋萌え」したのも、むべなるかなである。光源氏が「ボロ屋だなあ」と感じたおうち、たぶん全然ボロ屋じゃなくて、平安時代の庶民感覚としては、「ふつうか、ちょっとうえ」レベルだったんでしょうね……。

「待っていてほしい」という「欲望」についても、「なるほど」と思った。朱雀院（光源氏の異母兄）の「いい人」ぶりについて解説した項だ。朱雀院は、結婚の申しこみを断られたり（彼女の結婚相手として選ばれたのは、もちろん光源氏）、婚約者同然の女性に浮気されたり（相手はもちろん光源氏）、さんざんな目に遭う。それでも、「まあしょうがないよね。弟はイケメンで輝いてるもん」と忍の一字。恋した女が自分に振り向いてくれるのを、粘着質にひたすら待つのだった。

酒井さんは、「どこまでも優しい朱雀院を、紫式部はけっこういとおしく思っているような気がしてなりません」と書く。たしかに！「俺はカモメ」と自由に恋愛をしたいけれど、いざというときに受け止めてくれる「港」も欲しい。そんな願いを抱いたことのあるひとは、男女を問わず多いだろう。私はいままで朱雀院を、「じっとりした、うざキャラだなあ」としか思っていなかったのだが、「浮気されても許して、いつまでも待ってくれる包容力のあるひと」というのは、理想の異性像のひとつだとも言える。紫式部は、「こんな『いい人』がいれば、歯ごたえにはやや欠けるかもしれないけど、安心できるのに」という「欲望」を、登場人物である朱雀院に仮託したのかもしれない。

小説（物語）を書くとき、作者はなるべく自分の気配を消し、客観的になろうと努める。しかし、消しきれないのが気配というものであるのも事実で、作者自身の考え、感覚、そして「欲望」が、どうしたって作品ににじみでてしまう。私も、自作に風来坊タイプの男性（在宅時はきちんと家事をする）ばかりが登場することに、薄々気づいている。「もうやめよう」と思うのに、気づくとまた書いている。「亭主元気で留守がいい。家事をしてくれればもっといい」という都合のいい幻想、「欲望」が、半ば無意識ながら自身のなかに強固に存在するのだろう。紫式部と自分が同じだと言うつもりは毛頭ないが、酒井さんが読み解いたとおり、『源氏物語』のなかに、作者・紫式部の「欲望」が溶けこんでいることは、まずまちがいないと実感されるのだ。

本書のなかで、私の胸に一番迫ってきたのは、「娘に幸せになってほしい」という「欲望」だ。

紫式部は、母と娘を描く時、決して娘を母より不幸にはしなかったのです。

この指摘を読んで、現実においても「娘の母」だった紫式部の心情を、私はこれまであまり想像してこなかったんだなと思い知らされた。「欲望」を通して『源氏物語』を読み解く視点によって、紫式部が実在の「人間」として感じられた瞬間だ。

たしかに『源氏物語』に出てくる母親は、娘の行く末を真に思いやり、細やかに気づかう情愛深い存在として描かれている。父親の描かれかたが、「栄達の手段でもある娘をかわいがる存在」という感じなのと対照的だ。

『源氏物語』があまりにも偉大な作品であるがゆえに、それを書いたひとの思い、生身の声を、私はこれまでないがしろにしてきた気がする。まるで、この世のはじめから、『源氏物語』が自然と存在してきたかのように錯覚してしまい、その陰に隠れた作者のかそけき声を聞き逃していた。

酒井さんの言う「欲望」とは、声なのだと思う。言葉にならない声、かき消えてしまいそうなほど小さな声。紫式部の生身の声、思いが、物語のなかにひそかに溶けこんでいる。細心の注意を払って、それに耳を澄ますことは、『源氏物語』を現代に生き生きと甦《よみがえ》らせることでもあるし、平安時代に生きた女性たちとつながりあうことでもある。

本書を読んで、紫式部も、『源氏物語』の登場人物も、「めんどくさいひとたち」だなあと私は思った。ときに身勝手な、ときに切実な、「欲望」を抱えてあがいている。できればお近づきになりたくない「めんどくささ」だ。

でも、惹《ひ》かれる。ボロ屋についつい吸いこまれてしまう光源氏のように、もっともっと紫式部のことを、『源氏物語』のことを、知りたくなる。なぜなら、かれらが抱える「欲望」はそのまま、私のなかにもある「欲望」だからだ。世の中に、「めんどくさくないひと」など存在しない。だれもが、面倒で厄介な「欲望」を秘めて生きている。だから私たちは、「めんどくさいひと（紫式部）」が書いた、「めんどくさい話（『源氏物語』）」を心から求め、ここに私たちの真実が描かれていると感じ、千年ものあいだ読み継いできたのだ。

自覚的なものも無意識的なものもまぜこぜになって、「欲望」はだれのなかにも存在する。あらゆる作品のなかに、作者の、時代の、そして受け取り手の、「欲望」がこめられていると言えるだろう。本書はそれを丁寧に解き明かすことで、『源氏物語』という作品が持つ時代を超えた魅力をつまびらかにした。同時に、表現とは、表現をせずにはいられない、表現を感受せずにはいられない「人間」とはなんなのかをも、問いかけてくる。

（みうら・しをん　作家）

参考文献
『新潮日本古典集成』
「源氏物語」「紫式部日記 紫式部集」

初出
集英社WEB文芸「レンザブロー」
http://renzaburo.jp
2008年11月～2010年7月

系図デザイン／テラエンジン

本書は2011年４月、集英社より刊行されました。

酒井順子の本

## 自意識過剰!

相手にどう思われているのか? 気になって仕方がない他人の視線との葛藤は、アホらしくもあり深刻でもあり。自意識過剰を自認する著者がその正体に迫る、爆笑エッセイ。

## おばさん未満

まだまだ若いつもりでいたけれど、気づけば老化の兆しがあちこちに! 髪、声、腹、服などなど、40代からの女性の変化に鋭くつっこみ、「痛くない」年のとり方を明るく提案するエッセイ集。

集英社文庫

集英社文庫

紫式部《むらさきしきぶ》の欲望《よくぼう》

2014年4月25日　第1刷
2024年6月17日　第4刷

定価はカバーに表示してあります。

著　者　酒井順子《さかいじゅんこ》
発行者　樋口尚也
発行所　株式会社　集英社
東京都千代田区一ツ橋2-5-10　〒101-8050
電話　【編集部】03-3230-6095
【読者係】03-3230-6080
【販売部】03-3230-6393（書店専用）

印　刷　TOPPAN株式会社
製　本　TOPPAN株式会社

フォーマットデザイン　アリヤマデザインストア　　マークデザイン　居山浩二

本書の一部あるいは全部を無断で複写・複製することは、法律で認められた場合を除き、著作権の侵害となります。また、業者など、読者本人以外による本書のデジタル化は、いかなる場合でも一切認められませんのでご注意下さい。

造本には十分注意しておりますが、印刷・製本など製造上の不備がありましたら、お手数ですが小社「読者係」までご連絡下さい。古書店、フリマアプリ、オークションサイト等で入手されたものは対応いたしかねますのでご了承下さい。

© Junko Sakai 2014　Printed in Japan
ISBN978-4-08-745178-8 C0195